JN163421

# ある魔女の受難

The Ordeal Of A Witch

高見梁川
Takami Ryousen

イラスト：かぼちゃ

主な登場人物
Main Characters
セイリア・ウィンストン
ダイバー随一の大魔法士。
寡黙で感情を表に出さない。
レーヴェ・ブロンベルグ
ワルキア公国出身のダイバー。古今無双の槍の使い手。
エルファシア
亜神エノクが生み出した予備身体《スペアボディ》。
魔力、身体能力に優れる。
エルロイが古代魔法により転生した。
エルロイ・フェルディナン・ノルガード
本編の主人公人格。
冒険者《ダイバー》ギルドの長を務める魔法剣士。
スピードで敵を圧倒する。

ルードヴィッヒ・ゲオルグ・フォン・デーニッツ
フリギュア王国宰相。禁書を解読し陰謀を巡らす。
サリエル・ドノバン
自己中心的な魔法士。不老不死の秘術を求める。
オットー・カリウス
亜神エノクの使い魔、男性体ver。近接戦闘に特化したダンディーな執事。
カーチャ・ゲオルギーナ
亜神エノクの使い魔、女性体ver。魔法戦闘に特化した妖艶なメイド。

「ここは……」

少女は暗闇に包まれた無機質な空間の中で目を開け、つぶらな菫色《すみれいろ》の瞳を覗《のぞ》かせた。

透き通るほどの透明度と幻想的な色合いを両立させた瞳は、寝起き特有の物憂《ものう》げな倦怠感《けんたいかん》に包まれている。

朝、早起きしすぎたときのようなじんわりとした疼痛《とうつう》を後頭部に感じて、ブルブルと頭を振った。

少女の可愛らしい頭が振られるたびに、金細工《きんざいく》と見紛《みまご》うばかりの金髪が、寄せては返す波のようにユラユラと揺れていた。

「ううっ……頭痛《あたまいて》え……」

容姿に似つかわしくない言葉を零《こぼ》しつつ、ぼんやりとした頭であたりを見渡す。そこは、見たこともない透明な金属でコーティングされた棺桶《かんおけ》の内部のようだった。

ようやく自分が置かれた状況を把握すると、慌てて起き上がろうとして、思っていた以上に低い天井《てんじょう》に思いきり頭をぶつけてしまう。

鈍い音とともに、額《ひたい》を赤くした少女は悶絶《もんぜつ》した。

「痛たたたたたた……！」

額を両手で押さえてもがく様《さま》は、まるで小柄な小動物のようで、もともと愛らしい少女の可愛らしさを否《いや》が応にも引き立てる。

そこで少女は、はたと気づいたように、自分の指先から零れる、見事な艶《つや》と輝きを持つ豪奢《ごうしゃ》な金髪を見つめた。

――はて、自分の髪はいつの間にこんなに伸びたのだろうか？

つい先ほどまでありふれた短髪であったはずなのだが、急にこんなに伸びるものだろうか。ちなみに剛毛の黒髪だったはずなのに。

よくよく見れば、手のひらも小さくて象牙《ぞうげ》細工のような瑞々《みずみず》しい手をしている。

――なんだ？　この触れたら折れそうな綺麗で可愛いモノは？

少女は自分の手をまじまじと見つめると、困惑したようにわたわたと手をぶらつかせた。

間違っても記憶のなかにある、無骨《ぶこつ》で野太い自分の手と同一のものとは思われなかった。

下手《へた》に剣でも振ったら、肩が抜けるか骨が折れてしまいそうに儚《はかな》い。

いや、それ以上にもっと深刻な問題が存在することに少女は気づいた。いや、気づかざるをえなかった。

「ははは……まさか……まさかそんな馬鹿なことが……」

否定したくても、甘く甲高《かんだか》い鈴のごとき美声が、少女の期待を明確に裏切っていた。

うつろな目で視線を下へ移すと、白磁《はくじ》のようなきめの細かい肌が露《あら》わになっており、魅惑的な太ももが否応《いやおう》なく目についた。

ささやかな胸の膨らみから腹部へと美麗《びれい》な彫像《ちょうぞう》のような曲線が描かれ、愛らしいおへそがその存在を主張していた。

艶《なま》めかしい肌と愛らしさに、少女は思わず興奮して鼻を押さえる。

――いやいや、一番大事なところはそこではない。もっと大切な、己《おのれ》のアイデンティティの根幹に関わる問題が少女の目に映っている。すなわち、あるべきものがない。

「なんじゃこりゃあああああああああああああ！！」

少女の可愛らしい声で絶叫が響いた。

「どこに？　俺の相棒はどこに消えた？」

物心《ものごころ》ついたころから友と大きさを比べ合い、形や硬さに一喜一憂してきた自慢の愛棒（誤字ではない）であった。男としてのアイデンティティの象徴でもあった。

それがないということが、これほど巨大な喪失感と絶望を抱かせるものだったとは。

少女――エルロイ・フェルディナン・ノルガードはめまいを覚えた。神が気まぐれに遣《つか》わしたような造形美の少女は、つい先ほどまで男だったはずなのである。

「お目覚めでございますか？　主様《あるじさま》」

低い張りのある魅力的なバリトン。

その声と同時に、エルロイを閉じ込めていた金属の蓋《ふた》が開いていく。

狭《せま》い空間から解放されて、反射的に両腕を伸ばして息をつくエルロイを、男は微笑《ほほえ》ましく、愛らしい小動物を見るような眼差しで見つめた。

「くうう っ！」

その視線に気づいた瞬間、エルロイの脳裏に、認めたくなかった事実がよみがえる。

すなわち、自分が全裸であるという状況が――。

男であったころにはそんなことを気にした経験はなかった。

有能な戦士であり、日々戦場で命のやりとりをしていたエルロイにとって、全裸で水浴びをしたり、治療で服を脱いだりすることなど日常茶飯事《さはんじ》であったはずなのだ。

それなのに――。

「う、うわっひゃあああ！」

男であったならば絶対に上げなかったであろう悲鳴を上げたエルロイは、全身を抱きすくめるようにして、恥ずかしい箇所《かしょ》を男の視線から隠したのであった。

真っ赤に上気《じょうき》した顔。そして隠そうとしても隠しきれない瑞々《みずみず》しい柔肌と、女性らしい丸みを帯びた身体のライン。

「マーベラス！　実に素晴らしい！　主様はご自分の魅力をよくわかってらっしゃる！」

「いいから早く着るもの持ってこおおおいっっ！　この変態いいいいっ！」

鼻息も荒くエルロイの裸体を手放しで賞賛《しょうさん》する男に、エルロイは涙目で絶叫したのだった。

男の名は、オットー・カリウスというらしい。

実にテンプレートな執事服《しつじふく》に身を包み、百九十センチを超える長身で、年のころは四十代半ばというところだろうか。

「まあ、セバスチャンと呼んでいただいてもよろしいのですが」

「一字も合ってないじゃんっっ！」

彼の話を信じるならば、彼はこの施設の管理を任された執事で、この身体の持ち主に仕《つか》えているそうだ。

「心が男でも女でも、想定の範囲内です。あなたが主でノープロブレム！」

そのカリウスが着替えを持ってくると、エルロイはひったくるようにしてそれを奪い取った。

――しかし、現実は時として残酷《ざんこく》なものである。

「ソウダネ、キルモノモッテコイトハイッタケドネ……」

「主様のサイズは77のAでございますが、付け方はおわかりですか？」

その手に握られたピンク色のシンプルなブラを凝視《ぎょうし》して、エルロイは乾《かわ》いた笑みを浮かべる。

「……知りません」

ごく当たり前にブラの付け方を知る男がいたとしたら、それはもう変態だろう。

衣料品店の男性店員に聞かれたら、全力で殴られそうなことをエルロイが考えていると、カリウスは驚くべき言葉を発した。

「それでは私がお手伝いいたしましょう」

「どええええええええええ!?」

その未来図を思い描いてしまい、エルロイは万歳《ばんざい》をするようにして絶叫した。

割とベタなリアクションをするエルロイであった。

「んん〜〜っ！　デリイイシャス！　実に執事心をくすぐるいい反応ですぞ！」

「執事心ってなに？　執事心ってなに？」

「大事なことなので二回繰り返したのですな？」

「大事なことは、絶対にそこじゃないわっ！」

こうしてエルロイは、初対面の男にブラをつけてもらうという、世にも稀《まれ》な体験をすることになるのであった。

ムンズ！

しかし、エルロイは自分の判断を死ぬほど後悔した。

サワサワ！　プニプニ！

見ず知らずの男に、胸のお肉を寄せて上げられる感覚をわかってもらえるだろうか？

「うっひゃあああああ！　だめ！　触っちゃだめえええええ！」

肌の粟立《あわ》つ何とも言えぬ不快感と、感じてはいけないそれ以外の感覚に、甲高い声がエルロイの口から漏れた。

「ふえええええっ……どうしてこんなことに……」

こんなにも簡単に涙が零れてしまうのは、女性の身体になったからだろうか。

エルロイはもはや遥《はる》か遠くに感じられる、自分が男でいられた最後の瞬間に思いを馳《は》せた。

†

エルロイ・フェルディナン・ノルガードと言えば、ダンジョンダイバーの中では知らぬ者のいない有名人である。

もともとこのミズガルド大陸有数の魔法剣士として知られていた彼ではあるが、現在ほど有名になったのにはそれなりのわけがあった。

ダンジョン……大陸各国に点在するその地下構造物は、別名を遺跡《いせき》とも呼ばれ、遥か遠い古代の叡智《えいち》によって建設されたという説がもっとも有力である。

天文学的な値段のつく古代遺物や、出現するモンスターが息絶える瞬間に落とす謎のドロップ品――いつしかそれらを糧《かて》に生活する者たちが現れ、人は彼らをダイバーと呼んだ。

一攫千金《いっかくせんきん》と言えば聞こえは良いが、ダイバーの過半は生活するのもやっとであり、ダイバー歴十年での死亡率は実に三割以上に達する。

中には野盗や傭兵《ようへい》に身を落とす者も少なからず存在したため、ダイバーの社会的地位は、その潜在的戦力に反して決して高いものではなかった。

しかもほとんど全てのダンジョンは国家の所有物とされ、ダイバーを管理するギルドが結成された後も、その手数料や取引に、国家は様々な干渉を及ぼしている。

ならば国家の外にあるダンジョンを手に入れればいいではないか――もっともらしく聞こえるが、その実とんでもない妄想を提唱したのが、ほかならぬエルロイであった。

ミズガルド大陸において、人類が占有《せんゆう》する領域はおよそ五割にすぎない。

残る五割は未開地《みかいち》と、強大な魔族が闊歩《かっぽ》する不可触《ふかしょく》の領域である。

現在の魔王は好戦的ではないため、人類と魔族の間はひとまずの小康《しょうこう》状態が保たれているが、人類の歴史の半分は魔族との勢力争いだった、と言っても過言ではない。

『魔族の領域に存在するダンジョンを占拠しよう！』

当初、そんなエルロイの提案は嘲笑《ちょうしょう》とともに受け流された。国家レベルの軍隊でも駆逐《くちく》できない魔族を、どうしてダイバーが集まった程度で制圧できるだろう。

しかし大方の予想を裏切り、エルロイには勝算があった。

彼の調べたところ、魔族の領域といっても下級魔族が徘徊しているだけのところが多く、上位の魔族が支配している領域は意外に少ないらしい。

お目当ての遺跡がそうした上位魔族の支配域ではないことを確認したエルロイは、仲間のダイバーとともに下級魔族の排除に乗り出したのである。

大陸でも随一と呼ばれた、エルロイをリーダーとするダイバーチーム『ミネルバの梟《ふくろう》』が魔族領域を攻略中という情報は、たちまち世間を駆け巡った。

もちろん嗤《わら》う者のほうが多かった。他人事として、関わり合いにならないよう距離を置く者もいた。

しかしエルロイが考えていた以上に、その理想に感銘《かんめい》を受けた人間もまた多かったのである。

国境を越えて遺跡までの魔族領域の討伐に参加したダイバーは、ごく初期から百人を超えた。

さらに参加した面子《メンツ》が並ではない。

エルロイたち『ミネルバの梟』をはじめとして剛腕《ごうわん》ロバート、剣聖《けんせい》オイゲンなど大陸中の強者が、ダイバーであるか否かを問わず集結したのである。

さながら強者たちの修練場《しゅうれんじょう》と化した観《かん》のある状況で、着実に支配領域は増えていった。

こうなると、もしかしたらうまくいくのではないか、と期待する人間が出てくるのは当然の帰結だ。

これまで夢でしかなかった、ダイバーギルドの所有するダイバーのためのダンジョン。

それが現実化するのでは、という希望に大陸中のギルドが支援に乗り出したのは、最初の討伐から半年近くの時が経過した後であった。

もはや誰もエルロイの夢想を笑おうとはしなかった。
そして三年後——エルロイの夢想は現実として実を結び、ダイバーは自らが管理する初めてのダンジョンを手に入れたのだった。

「オルトランド大公《たいこう》が訪問されるだって？」

「うむ、もう魔族の危険は少ないとはいえ……厄介《やっかい》なことだな」

オルトランド大公はエルロイたちが開拓した魔族領域と接するフリギュア王国の大貴族で、遺跡発掘品を買い取る優良な顧客でもある。貴族のきまぐれに付き合うのは面倒だが、間違っても粗末な対応をしてよい相手ではなかった。

エルロイは困ったように、ガシガシと黒髪の頭を掻《か》く。

いつの間にかギルド長に祭り上げられてしまった彼にとって、こうした厄介事の処理はストレス以外の何物でもなかった。

「レーヴェ、とりあえず十人ほど集めて大公の警護を頼む。あ、それからその日はダイバーにダンジョン探索を禁止するように通達を——」

「お待ちください。オルトランド大公が一人で来るならいざしらず、おそらくはそれなりの兵を引き連れておいでになるはず。むしろお出迎えに幹部を揃えることが重要ではないですか？」

そう口を挟《はさ》んできたのは、内務を司《つかさど》るサリエル・ドノバンであった。

ギルド内では数少ない書類仕事のできる男であり、愛想は悪いが、その実務能力をエルロイは高く評価していた。

「それもそうか。しかし今から集められる幹部には限りがあるぞ。大公には悪いが、大公一人のためにギルドの活動を全て止めるわけにはいかないしな」

現在ギルド本部の置かれた魔族領域のダンジョン――通称マーガロックダンジョンは、ダイバーによるダイバーのための施設として、莫大《ばくだい》な利益と人材の集中をもたらしていた。

そのため、人手が足《た》りなくなった他のダンジョンでは、ダイバーに対する報酬の増加が始まっている。

これは単純な需要と供給の問題である。マーガロックを本拠地とするダイバーが増えた結果、他のダンジョンへ潜るダイバーの数が減ってしまい、手数料や遺物の取引量の減少を避けるためには報酬を上げるしかなかったのだ。

当然ダイバーの地位向上を達成したエルロイたちの評価は、右肩上がりとなった。

もちろん若いエルロイがギルド長になれたのは、これまで各国のギルドを纏《まと》め上《あ》げてきた先《せん》達《だつ》が、エルロイに協力したからに他ならない。

全世界のダイバーを統括するギルドに脱皮《だっぴ》を果たそうとしている現状、幹部は大陸の各地に散ってその組織化のため忙殺《ぼうさつ》されている状態であった。

「支部のメンバーは仕方ないでしょうが、あなたとレーヴェ、セイリアとマーテルは出迎えに参加してください。できればサイオンも」

「――面倒だが仕方ないか」

おえらいさんの相手も大変だよな、と明るく笑うエルロイを、サリエルの冷たい視線が見つめていた。


惨劇《さんげき》は突然だった。

ダンジョンを訪れた大公は完全武装の騎士や兵士を千人近く伴《ともな》っていて、武装を解《と》いて歓迎のため外に整列していたエルロイたちに猛然《もうぜん》と襲いかかったのである。

「大公殿下！　これはいったい何の真似だっ！」

憤然《ふんぜん》と抗議の声を上げたマーテルは、突進してきた騎士たちの槍を一斉にその身体に受け、串刺しとなって絶命した。

「まずいっ！　散開して逃げろ！　レーヴェ、セイリア、悪いが手を貸してくれ！」

すぐにエルロイはしんがりとして、仲間の逃亡を助けることを決断した。

「……これは貸しにしておくわ」

緊張感のない返事とともに、セイリアの魔法が炸裂《さくれつ》して数人の騎士が吹き飛ぶ。

「やれやれ、貧乏《びんぼう》くじかよ……おっと、その槍は置いて行きな！」

素手だったレーヴェは騎士のひとりから槍を奪うと、猛烈な剣気をその長身から噴き上げた。

「槍を持った俺をそう簡単に殺せると思うなよ……！」

ワルキア公国騎士団がその天才的な槍さばきに惚《ほ》れ込み、三顧《さんこ》の礼で迎えようとしたという伝説がレーヴェにはある。

その武名を知る兵士は明らかにひるんだ。

「神速一ノ太刀、蓮華《れんげ》！」

エルロイの身体がまるで蜃気楼《しんきろう》のように歪《ゆが》んだとかと思うと、数人の兵士が身体を輪切りにされて真っ赤な血の華《はな》を咲かせた。

「――なんだ？　なにが起こった？」

なんの前触れもなく戦友が無惨な屍《しかばね》と化したことに、兵士たちの間から悲鳴が上がる。

「おいおい、てめえら誰を敵に回したかわからずに戦ってるのか？　俺達のギルド長、魔法剣士エルロイ。この世で最速の剣士だぜ」

レーヴェの嘲笑《ちょうしょう》を兵士は最後まで聞くことができなかった。

彼もまた、目にも留まらぬエルロイの剣によってその身体を切り裂かれていたからである。

「何を手こずっている！　敵はわずかだぞ！　それでも誇りあるフリギュア王国の兵士かっ！」

そう叫んだ声に愕然として、エルロイの動きが止まった。

そしてレーヴェも、セイリアも、思わず声のした方向に視線を送る。

なぜならその声の主は、仲間であるはずのサリエルのものだったからだ。

「サリエル……！　貴様……！」

レーヴェの食いしばった歯がギリギリと音を鳴らした。

まさかこの惨劇を演出したのが、仲間の裏切りであったとは！

今にも一人で特攻しそうなレーヴェの肩を掴み、エルロイは必死に押さえた。

「お互いに死角を守りあって少しずつ退くぞ！　まずは生き残ることを考えろ！」

サリエルがどんな陰謀《いんぼう》を企んだのか、奴の背後にはいったい誰がいるのか、何もわからないまま死ぬつもりはない。それ以上に、かけがえのない仲間を失うわけにはいかなかった。

「一旦ダンジョンの中に退くぞ。あそこなら大軍は身動きできない」

かろうじて致命傷は免《まぬが》れたものの、この短時間にエルロイもレーヴェも全身に手傷を負っていた。

オルトランド大公を出迎えるため、鎧も鎖帷子《くさりかたびら》も身につけていなかったのである。この程度の軽傷で済んでいるのは、まさに二人の並外れた技量によるものと言える。

しかしこのままでは、体力が尽きた途端になぶり殺しになるのは明らかであった。

兵士たちの重囲《じゅうい》に追い立てられるようにして、エルロイたち三人はダンジョンの奥へとその身を隠した。

「……光よ《ライティング》」

セイリアが魔法を紡《つむ》ぐと、暗いダンジョンの通路が眩《まばゆ》い光に照らし出された。

このダンジョンは、巨大な魔獣が住みついた舞台《ステージ》と呼ばれる場所を除いては、およそ四～五人程度が並べる広さしかない。

「向こうにサリエルがいるんじゃ、罠《わな》や抜け道は通用しないだろうな……」

「いや、奴は先頭を切って突っ走るタイプじゃない。だからダンジョンに来たこともない素人《しろうと》兵士じゃ――」

エルロイに答えたレーヴェの言葉を遮《さえぎ》るように、後ろから断末魔の悲鳴が聞こえた。

おそらくは敵兵が初歩的な罠矢に引っ掛かったのだろう。

「ま、罠を避けるのも一苦労だろうよ」

「そうみたいだな」

被害の大きさにびびって退却してくれれば助かるんだが。

死んだ騎士や兵士が正規の兵であれば、当然、王国に籍もあれば家族もいる。あまりに損害が拡大すれば、責任者がその責任を問われることもあるだろう。

もっとも、ギルドに対してここまで思い切った行動に出た以上はある程度の覚悟があるのだろうが。

「それにしてもいったい何が目的なんだか……」

確かにギルドの力が強くなりすぎたのは面白くないに違いない。

しかし武力で討伐などしては、全世界のダイバーからフリギュア王国は見捨てられてしまう。もちろん各国のダイバーギルドや、ギルドと友好的な国家がフリギュアを敵と考えるのは目に見えていた。

たかがマーガロックダンジョンひとつを奪うのに、それはあまりに大きなリスクだった。

「……この間、サリエルの伝手《つて》でここに潜ったダイバーがいたはず。その連中が何かを見つけた可能性はある」

セイリアが抑揚《よくよう》のない声でポツリと呟いた。

「ああ、そういえばウギンだがムギンだかいう連中がいたな」

「一週間以上は潜ったまま出てこず、捜索隊を出そうかって話になったからな。その可能性もなくはない、か」

もしそうだとすると、稀少な遺物なのだろうな。

無造作に襲い来るモンスターを斬り捨てながら、エルロイは考える。

ダイバーの間で語り継がれる有名な遺物というと、まず筆頭は『神の鉄槌《てっつい》』だ。

古代帝国アカーシャを滅亡に追い込んだ魔法兵器で、いかなる魔法障壁も役に立たなかったという。もっとも使用された地域はかなり遠方なので、この可能性は低い。

「この地方所縁《ゆかり》といえば、やっぱり亜神《あしん》エノクになるのかな」

亜神エノク——二千年以上前、この地を支配した古代王国ワイズの宰相《さいしょう》にして、人類で神の地位に上った者。

その叡智《えいち》は王国に空前の繁栄《はんえい》をもたらし、彼が神となり王国を去ると、夢から覚めるように国は衰退したという。

およそ千年宰相の座に就き続けた彼は、不老不死の秘薬を練金したという伝説でもよく知られていた。


それからほぼ一日歩き続けただろうか。

淡い魔力光《ライト》で照らされたダンジョンの中を、庇《かば》い合うようにしてエルロイたちは進んでいた。

「――神速三ノ太刀、箒星《ほうきぼし》」

先頭を走るエルロイが一瞬床に沈み込んだかと思うと、無数の刃の残像が一斉に、大きく口を開けたモンスターに襲いかかった。

たちまち傷だらけとなり、酸のような匂いのする体液をまき散らしながら、モンスターは甲高い悲鳴を上げ、本能的に身を縮めてあとずさる。

しかしそれを見越していたレーヴェが流れるように進み出て、魔物の額めがけて槍を突き穿《うが》った。

急所を抉《えぐ》られた魔物は一度、二度と身体を大きく痙攣《けいれん》させると、ドサリとその巨体を床に横たえた。

「地獄犬《ヘルハウンド》が出てくるとなると、やばいなあ……」

高レベル帯に属する難敵の出現に、憂鬱《ゆううつ》そうにエルロイは呟いた。

「でも、こうする以外に逃げ道はない」

このような状況でもなお、淡々とした口調のセイリアが答える。

刀を構えたままエルロイは困ったように苦笑して、セイリアに向かって頷いた。

「残念だがセイリアの言う通りだ。俺たちに引き返すという選択肢はない」

返り血で汚れた頬をぐいっと右の袖《そで》で拭《ぬぐ》うと、服が赤い血を吸い込んでどす黒い汚れに変わっていく。

多勢を相手に身体を張るエルロイとレーヴェは、前衛職でありながら、今は防具らしい防具を何ひとつ持っていなかった。

セイリアもかろうじて杖はあるものの、魔力増幅の秘物《アーティファクト》もなく、魔法士には必須の魔力回復薬も持っていない有様だった。

そんな有様でダンジョンを進み続けた三人の体力は、もはや限界に近づこうとしていた。


「――くっ！　またっ」

ダンジョンは下層に行くほど強力な魔物が頻繁《ひんぱん》に出現することで知られている。

新たなモンスター――ビホルダーの出現にセイリアが顔を顰《しか》めた。

このモンスターには魔法が効きにくいのだ。

「レーヴェ、いけるか？」

「おう、任せろ！」

エルロイが速度を生かして敵を撹乱《かくらん》している間に、レーヴェが気を練り始める。

驚くべきことにエルロイは、ビホルダーの即死魔法を、魔力を付与した刀で斬り払った。

大陸中を探しても、こんな真似のできる魔法剣士は一人しかいないだろう。

「穿ち貫け！　昇閃槍《しょうせんそう》！」

まさに鉄壁の防御を見せるエルロイの背後から、満を持してレーヴェが巨大な気の塊《かたまり》を放出する。

まるで竜のような螺旋《らせん》を描いて、気弾がビホルダーの目を貫いた。

ダンジョンでも最強クラスのモンスターであるビホルダーのあっけない最期《さいご》であった。

「……俺たちなんかより大公を襲えよ」

睡眠が取れないせいか、普段は饒舌《じょうぜつ》なレーヴェもさすがに口数が少ない。

これだけ下層に降りたにもかかわらず、大公の追跡はまだ続いていた。

たった三人になったとはいえ、大陸でもトップクラスのダイバーであるエルロイたちに追いついてくるのだ。敵の損害はおそらく百どころでは利《き》かないだろう。

そこまでしても手に入れなければならないものがあるとすれば、やはり……。

「……どうやら……本当にエノクの遺物のようだわ」

初めて聞くセイリアの緊張してかすれた声に、エルロイは彼女が指差す先を見た。

世界樹に止まる鴉《からす》の紋章。

魔法に造詣《ぞうけい》がある者ならば誰もが知る、エノクの紋章を刻んだ扉が、鈍い光沢を放ってそこにあった。

「まさか……本当にお目にかかれるとは、な」

しかし、この階層は決して未踏《みとう》というわけではない。もし最初から存在したとすれば、エルロイたちが見逃したはずがなかった。

きっと先ごろ潜ったサリエルの手先が、何らかの封印を解いたのであろう。

「……とはいえ俺たちに解呪《かいじゅ》できるか？」

この手の封印部屋は高度な暗号で封じられているのが普通である。

そして大概は、古代技術でどんな魔法も衝撃も通さないように加工《コーティング》されていた。

いくらエルロイやセイリアが類稀《たぐいまれ》なダイバーでも、一朝一夕《いっちょういっせき》で破れるものではない。

「……て、あれ？」

敵に追われているのも忘れ、扉を解析しようとしたエルロイの前で、重厚な鋼鉄の扉は主人を迎え入れるかのように、音もなく開いたのだった。

室内に入ったエルロイとセイリアは思わず息を呑《の》んだ。二人が優秀な魔法士であるからこそ驚いたのだ。

現にほとんど魔法の素養のないレーヴェは、それほどの感銘《かんめい》を受けていなかった。

「さすがは始原《しげん》の魔法使い……」

見たこともない魔法式に積層型《せきそう》の複雑な魔法陣。それだけでも到底及びもつかない高度な魔法知識が窺《うかが》える。

ミスリルを魔法的に加工したと思われる金属で造られた魔法機械の数々に、エルロイは我を忘れて見惚《みと》れた。

「もしこれがサリエルの狙ったものであるとすれば……」

古代遺物の価値は、時として一城を軽く凌駕《りょうが》する。

あの亜神エノクのものだとすると、内容によっては一国に匹敵するかもしれなかった。

せめて概略だけでもその中身を知りたい。

エルロイは恐る恐る魔法式へと手を伸ばした。

「解析《リードスペル》」

もとよりこんな複雑な魔法式が理解できるとはエルロイも思っていない。

しかし何を目的にした魔法式なのか、特性はなんなのか、わずかでも知ることができればーー。

『マスターの認証操作を開始します』

機械的な女性の音声が流れたのはそのときだった。

『遺伝子パターン認証、オーラパターン認証、マスターの存在を確認。どうぞご命令を、マスター』

「も、もしかして……俺のことを言っているのか？」

『魔法式発動不可、言語入力をお願いします』

その言葉と同時に、認識できなかった魔法式の情報が言語化されて、洪水のようにエルロイの脳内に押し寄せた。

あまりの膨大な情報量に、思わずエルロイは頭を抱えてうずくまる。

「おい、大丈夫か？　エルロイ！」

「――おそらくは古代機器の介入。時間が立てば回復するはず」

相変わらず感情のない声だが、セイリアも知的好奇心を刺激されているらしく、その瞳には珍しく興奮の色が見て取れた。

しかしエルロイが情報を消化するよりも早く、大公の兵が駆け込んできた。

「まさかあの扉の封印を解くとは……さすがはトップダイバーというところか」

彼らの背後に守られるようにして得意気な顔を覗かせたのは、かつての仲間サリエルにほかならなかった。

「サリエル……貴様ぁ！」

激情のままに駆け出そうとするレーヴェを、ふらつく頭でエルロイは必死に止める。

サリエルの前に立ち塞がっているのが、平凡な平兵士たちではなく一流の騎士や魔法士であるのがわかったからだ。

「最後に役に立ってくれたな、エルロイ。実は、どうやって扉の封印を解こうかと思っていたのだよ」

「……これだけのことをしたんだ。扉を開けずとも中身は知っていたようだな」

「私はもともと宮廷魔法士でね。とある古文書《こもんじょ》を解読してこの遺跡を知り、それを手に入れるため、わざわざダイバーに身をやつしたのさ。そうでなければ、私のように優秀な人間がダイバーなどになるはずがな――」

「そのようなことはどうでもよい！　これが不老不死を実現する遺物なのか？」

サリエルの自慢話を遮《さえぎ》るように口を挟んだのは、オルトランド大公であった。

「左様でございます。あの亜神エノクが残した、不老不死の鍵となる遺物でございますとも」

不老不死――それは人類にとってひとつの夢の到達点である。

なるほど、それが手に入るとなれば大公がサリエルに加担しても不思議ではない。

もっとも、本当にこれが不老不死の遺物であればだが――。

「そんなわけで君たちには消えてもらおう。セイリアだけは、私に忠誠を誓うなら助けてやらんこともないぞ？　優秀な魔法士は貴重だからな」

「願い下げ。自分より優秀な魔法士以外に仕える気はない」

暗に自分のほうが魔法士として格上であると示したセイリアの言葉に、サリエルは赫怒《かくど》した。プライドの高い彼にとって、一番聞きたくない台詞であった。認めたくはないが、実際にセイリアのほうが優秀であると感じていたのだ。

そしてこのわずかな間に、エルロイは、レーヴェとセイリアを救う可能性の糸を見出した。

「……マスターとして命じる。俺が次に消去と命じたらこの遺物の一切を無に帰せ」

『第三法術を機動すれば、自動的に自壊プログラムが作動しますが、それでよろしいですか?』

「ああ、構わない」

「ままま、待て! 消すな! 消さんでくれ!」

エルロイの言葉に取り乱して叫んだのはオルトランド大公だった。

サリエルも顔色を失っている。この短時間でエルロイがマスターとして登録されるなど、到底考えられない事態だったからだ。

本来マスター認証は遺物の解析が最終段階になってから行われるもので、そうであるとするならば、エルロイはすでにこの遺物のかなりの部分を解析していることになる。

「な、何が欲しい? 金か? 地位か? お前たちが望むなら家臣として召《め》し抱《かか》えてやっても……」

「大公殿下! それは……!」

ダイバーギルドに全ての汚名を着せなければ、今回の争乱の責任を負うのは大公と自分ということになる。殊《こと》にサリエルなどは格好のスケープゴートとなるだろう。

「ええ～い！　黙れ！　わしには……わしにはこの装置が必要なのだ！」

大公は先ごろ、医師から余命《よめい》半年を宣告されていた。

装置の解析から運用に半年で足りるかどうかもわからない。これ以上無駄な時間を過ごすことに、大公は我慢ならなかったのである。

「騎士たちを下げろ。セイリアとレーヴェを外まで逃がせ」

「そんなことができるか！」

喚《わめ》くサリエルを無視して大公は騎士たちに命じた。

「――下がれ。手を出すな」

サリエルはあくまでもアドバイザーであって、騎士も魔法士も全ては大公の手兵である。

どうあがこうと、サリエルは大公の命令に対抗できなかった。

「レーヴェ、地上に着いたら念話石で連絡を寄こせ。お前たちの無事を確認したらこの部屋を引き渡す」

「馬鹿を言うな！　お前はどうするんだ！」

（この遺物にある転送魔法で脱出するから心配するな）

（……了解、死ぬなよ）

念話石を握らせたついでにエルロイが念話を送ると、不本意ながらレーヴェも同意せざるをえなかった。ほかに手段がないのだから。

「待ってるぞ」

「帰ってこなかったらお仕置き……」

足早に立ち去るレーヴェとセイリアを、サリエルは目を血走らせて見送った。

（殺す殺す殺す殺す殺す殺す殺す殺す殺す殺す殺す殺す殺す殺す殺す殺す殺す殺す……！）

今は見逃してやるが、どこまでも追い詰めて必ず殺してやる――憎悪とともにサリエルは誓った。自らの保身のためだけでなく、あのような下等な輩《やから》に侮辱《ぶじょく》されて黙っていることなど、できるはずがなかった。

「さ、さあ……彼らは無事に帰したぞ！」

「近道を使ってもあと数時間はかかります……しばらく待ってもらいましょうか」

時間に余裕ができたこともあって、エルロイはサリエルに問いかけた。

「本当にこれは不老不死の遺物なんだろうな？　サリエル」

少なくともオルトランド大公の言動を見るかぎり、たとえエノクの遺物であっても不老不死と関わりがなければ、サリエルの首は胴体と繋がっていられないだろう。

「当然だ。ここはエノクの工房のひとつで、魂の加工を可能にした聖なる場所。私の解読に誤りなどない！」

「はなはだ疑問なんだが――不老不死にそんな価値があるのか？」

これにはさすがのサリエルも虚《きょ》を衝《つ》かれたらしい。

「そんなこと自明の話ではないか！　不老不死を望まぬ者などいるものか！」

「例えばこの遺跡が崩れて生き埋めになったとして……息もできず身動きもできず、何千年も生きていることに耐えられるか？　俺は嫌だね」

そんなことは考えていなかったという表情で、サリエルは顔面を蒼白にさせた。

オルトランド大公だけでなく、不老不死を望んでいるのはサリエルも同じだった。しかしただ生きているだけでは、サリエルはいつまでたっても宮廷魔法士としてこき使われるままだ。

力が伴わなければさして意味がないと、エルロイは言っているのである。

「ふ、不死であればいずれ古代の力に手が届く日も来よう！」

「その古代の文明は滅んだけどね」

サリエルにはエルロイに対する否定の言葉がなかった。

不老不死の秘密さえ解ければ、エノクの遺物を手に入れさえすれば――人生をそれに費《つい》やしてきたサリエルにとって、エルロイの言葉は彼の人生の否定そのものですらあった。

――許せない。この偉業を誰にも否定させはしない。そして私はエノクの業績を継いだ男として、歴史にその名を刻むのだ！

サリエルの脳裏から、エルロイに遺物を消されてしまうかも、という怖れが消えた。

一撃で奴を即死させてしまえば問題はない。そのための切り札が自分にはある！

「所詮はこの発見の偉大さを理解できぬダイバー風情《ふぜい》か。だからダンジョンは王国がしっかりと管理すべきなのだ！」

「――封印も解けなかった無能な連中のくせに」

エルロイも意図して封印を解いたわけではないが、そんな事情をサリエルは知らない。

実のところ宮廷魔法士として王国のトップクラスであるサリエルも、ダイバーとしてはかろうじて上級者に数えられる程度にすぎなかった。

まして氷炎《ひょうえん》の魔女こと、セイリアとの腕の差は誰の目にも明らかである。

自分が見下していた人間から逆に見下され、プライドの高いサリエルはついに限界を迎えた。

ケイロンの矢――古代遺物のひとつであり、一瞬で魔法の矢を転送《アポーツ》する暗殺用の武器をサリエルは起動した。

常時発動型の魔法障壁でもないかぎり、この矢を防ぐことはできない。

しかしサリエルの期待とは裏腹に、エルロイはこの矢の存在を本能的に察知した。

死と隣り合わせのダンジョンを生き抜いてきたダイバーには、第六感ともいうべき危機察知能力がある。ダイバーとしての経験の浅いサリエルにはそれがわからなかったのだ。

「ぐはっ！」

かろうじて心臓は外れたものの、ほとんど防具らしい防具も身につけていないエルロイの身体を矢は容赦なく貫いた。

（……くそっ、肺がやられたか……！）

喉から熱い血の塊がせり上がってきて、エルロイはゴポリと口から血を溢れさせる。

呼吸もままならず、突き刺さった矢から空気が漏れるかのように苦しい。

「まだ息があるぞ！　早く！　早く殺せ！」

必殺の一撃がエルロイを殺すに至らなかったことに惑乱《わくらん》するサリエルがそこにいた。

――ざまあみろ、ダイバーをなめんじゃねえ！

そう叫びたいところだが、もう声が出ない。

サリエルの命令に反応した魔法士たちが詠唱を始める。もうすぐエルロイの身体を粉々にする魔法が雨あられと飛んでくるだろう。

だが、残念だったな。システムの稼働に音声は必要ではない。

自らの死を間近にして、エルロイはくつくつと嗤《わら》った。

あと一歩のところでエノクの遺物を失くしたお前は、なんとオルトランド大公に申し開きをするつもりだ？

脳裏に先ほど別れたセイリアの見事なプロポーションが浮かぶ。

（……せめて一度くらい……デートしたかった……ぜ）

薄れゆく意識のなかで、エルロイは第三法術を起動した。

眩い閃光とともに、見たこともない魔法式がエルロイの身体を包み込む。これが最後の記憶となった。

†

「とまあ、それで、ここで目覚めたわけなんだが……」

「あの遺物はエノク様の予備身体《スペアボディ》への転送装置でして……念のため、私のいるこの場所に設定しておいてよかった！　下手をして破棄された遺跡などに転送されていたら一巻の終わりでしたからな」

そう話しながらも、カリウスの手はなめらかに動き続けている。

黄金の髪が丁寧《ていねい》に編み込まれ、着せられたドレスを引き立てるようにセットされていく。

こうして手間暇をかけることが淑女《しゅくじょ》の心を養うのだ、とカリウスは力説するが、俺の心はあくまでも男なので勘弁してほしい。

「……我ながら満足のいく出来映《できば》えです。どうぞご覧ください」

「ぶふううううっ！」

鏡に映る自分の姿を見てエルロイは噴き出した。

ただでさえ細い手足をさらに細く見せるドレスのライン、そしてふんだんにあしらわれたフリルが少女の可愛らしい容姿を際立てる。

豪奢《ごうしゃ》な金髪は上品に纏められ、まるで精緻《せいち》な金細工のようであった。

大きくつぶらな瞳は菫色《すみれいろ》に輝き、小さく瑞々しい唇は血のように紅《あか》い。

これが亜神エノクの身体――これほど美しい人間をエルロイは見たことがなかった。

なるほど、確かに人間ではなく神の御業《みわざ》……。

「あれ？　エノクって女性だったっけ？」

エルロイの素朴な疑問にカリウスは苦笑しながら答えた。

「そうです。威厳がないと言って、幻術《げんじゅつ》で老齢の男を演じておられましたので、ご存知ではないでしょう……私としてはエノク様の美しさを隠すのは断腸の思いだったのですが」

いかにも痛恨の極みという顔でカリウスは顔を歪めた。

「ところで――」

一縷《いちる》の望みを込めてエルロイはカリウスに尋ねる。

「男の予備身体なんてあったりは……」

「エノク様にそのような無様な格好をさせることなどありえませんっ！」

「ですよねー」

終わった。

この瞬間、エルロイという存在が男性として復活する可能性は途絶えたのだ。がっくし。

「そもそもエルロイ様がエノク様の身体に適合したのは、奇跡のような偶然の賜物《たまもの》なのです。エルロイ様がエノク様の子孫として、その遺伝情報を色濃く受け継いでいなければ、魔法式自体が発動しなかったでしょう」

そう言われてエルロイは、ダンジョンの遺物が遺伝子情報について語っていたのを思い出した。

「俺がエノクの血統だなんて話、初めて聞いたぜ」

「それは止むを得ません。直系の男子は早くして殺されてしまいましたし」

エノクが腐敗する国を捨てて神となり、重しの取れた権力者たちがエノクの屋敷を襲撃したのは有名な話である。

その後わずか一年にして古代王国ワイズの歴史は終焉《しゅうえん》したのだが。

「ご安心ください！　エルロイ様が立派なレディとなれるよう、このカリウス、粉骨砕身《ふんこつさいしん》してご協力する所存！」

そこに、欠片《かけら》たりとも安心できる要素はなかった。

「お願いだからもう少し覚悟する時間をください！」

生きていられるだけでも望外の幸運、そして俺には救わなければならない仲間たちもいる――。

これから女性の身体と付き合っていかなければならないのは理解したが、受け入れるにはまだまだ時間が必要であった。

「……お目覚めでしょうか、エルロイ様」

その後、追い討ちをかけるように淑女としての姿勢や座り方を教授されていたのだが、いつの間にか意識が飛んでいたらしい。

ピンクのネグリジェに着替えさせられているが、誰がやったのかは聞かないほうがいいだろう。

「ああ、すいません。着替えは自分でできますので！　これからはそこに服を置いてくださいい！」

隙あらば再びお着替えをさせようとにじりよってくるカリウスを、エルロイは先手を打って押しとどめた。

男に身体をまさぐられるあの感覚は、できれば二度と味わいたくない。

残念そうに顔を顰《しか》めたカリウスだが、気を取り直してずいっと身を乗り出し、くわっと目を見開いた。

「実は折り入って相談したいことが……！」

その深刻そうな表情に、エルロイはごくりと唾を呑み込む。

もしかしてこの身体に何か不都合でもあるのだろうか？　女性の身体に男性の魂が入りこん

でいるわけだしな……。

「エルファシア様というのはどうでしょうか？」

「――え？」

唐突なカリウスの申し出にエルロイは首をひねる。

「長い間必死に考え抜いた、このカリウス渾身《こんしん》のネーミングはいかがでございましょうや！」

「もしかして、俺の名前なんですかっ？」

「イグザークトリーッ！　その可憐《かれん》なお姿で、まだ男の名を使い続けるおつもりかっ！　ましておそらくはお訊《たず》ね者として追われることになる身でっ！」

「そ、それは、確か……に！」

魂の在り方はともかくとして、生物学的に女性である以上、便宜的《べんぎてき》に女性の名を名乗ることも必要であろう。精神的なダメージはきつそうだが。

「エルロイ様から名前の一部をいただきつつ、エノク様の高貴さを兼ね備えたこの御名、採用していただけますかっ！」

なんでそんなにテンション高いんだよ！

エルロイはそう思ったが、とりあえず反対する理由があるわけでもなかった。

「……お任せします」

「おおおっ！　ついに！　エノク様に仕えて数千年！　ついに私は主の名づけ親になりました

ぞおおおおっ！」

感動に激しく打ち震えるカリウスにどん引きしながら、エルロイはそそくさと上衣を身につけた。

正気に戻ったら、絶対に手伝おうとするはずだからだ。

――しかし、エルロイの見通しはまだまだ甘かった。

「それではそろそろ入浴をいたしましょうか。エルファシア様」

「はっ？」

今、とても不吉な言葉を聞いたような気がしたのだが。

「無論、エノク様の身体の保存に手を抜いたことはありませんが、エルロイ様がお宿りになるまで一度も入浴していないのも事実。今日という今日は隅々までお洗いしなくてはっ！」

「いやいや、絶対カリウスさんの願望が入ってるよね！」

「滅相もございませんっ！　ふひひ……」

「信じられない！　欠片も信じられないよっ！」

ゾワリという不快感に、エルロイは自分を抱きしめるようにして身体を丸めた。

そんな様子が、少女の可憐な雰囲気をますます助長する。

「ま、まさかこれほどとは……エノク様、あなたの娘はこんなにも可愛らしく成長いたしましたぞおおっ！」

「娘じゃないし、女性として育ってもないっ！」

「外見さえ問題なければ、中身など後でどうとでもなるのです！」

「ぶっちゃけたっ⁉」

エルロイは生まれて初めて、貞操《ていそう》の危機を感じていた。

セイリアや若い女性冒険者が下心見え見えの男性冒険者に向ける、虫けらでも見るような視線の意味を、エルロイはここで理解した。

（ごめん、セイリア……まさかこんな気持ち悪いことだったなんて……！）

今こそエルロイは全身全霊で、決して女性をいやらしい目で見ないことを誓った。

「と、とにかく自分でできますから、カリウスさんは手出し無用でお願いします！」

「これはしたり。乙女の柔肌や髪の手入れを、エルファシア様が知っているとも思われませぬ！」

「男とお風呂に入るのに比べれば些細《ささい》なことでしょ！」

すると、まるでこの世の終わりのような絶望に満ちた表情で、カリウスはがっくりと両膝を突く。

そしてやるせない思いに拳を震わせ、涙ながらに哀訴《あいそ》した。

「男だというだけで、主人の身体を洗わせてもらえないのですか！　エルファシア様はこのカリウスの忠誠をお疑いかあああああっ！」

「男が女と風呂に入らないのは当たり前でしょう！　それに血涙《けつるい》まで流すほどのことですか！」

「主様を愛《め》でるのがこの私の生き甲斐なのにいいいいいいいいいいっ！」

「捨ててしまえ、そんな生き甲斐！」

「ソウサアアアアッド！　無念っ！　無念でございますが、主様の御為、ここは涙を呑みましょうぞ！」

ドロン！

「えっ？」

まるでカリウスの身体が煙に変わってしまったかのような、否、本当に煙に変わってしまったことにエルロイは絶句した。

まさか、一緒に風呂に入れない絶望のあまり消滅してしまった？　そんな馬鹿なことあるわけが……。

「――お初にお目にかかります。エルファシア様」

「だ、誰？」

煙が晴れると、そこにはカリウスではなく二十代半ばほどの、プロポーション抜群の美女がいた。

「カリウスに代わりお仕え申し上げます。カーチャ・ゲオルギーナ。どうかカーチャとお呼びください」

「カーチャさん？　カリウスさんは？　カリウスさんはいったいどこに？」

突如《とつじょ》出現した美女にかしずかれて目を白黒させたエルロイも、いなくなってしまったカリウスを無視することはできなかった。

こんな馬鹿な理由でいなくなられたら、あまりに哀れすぎる。

もちろん、だからといって彼の要求を呑むつもりは一切ないが。

「どうかお気になさらず。カリウスは私の男性体、私はカリウスの女性体です。エノク様の使い魔たる私たちは、二人でひとつの存在なのですから」

「ええええええええええええっ!?」

目の前の美女とダンディなカリウスが同一存在？　というか使い魔だって？

上級の魔法士はたいがい高性能な使い魔を所有しているが、その大半は動物かキメラであり、これほど人間そっくりの使い魔をエルロイは今まで見たことがなかった。

「――ところで」

ギラリとカーチャの瞳が欲望に輝くのをエルロイは確かに見た。

「よもや女性の私を拒《こば》むなんて真似はしないわよね？　大丈夫、痛くしないからっ！」

「いやあああっ！　穢《けが》される！　犯されるううううっ！」

「やーね。人聞きの悪い。お世話のついでに少し愛でるだけじゃない！」

「言動がカリウスさんと変わってないっ！」

「もともと同じ存在だからね。私たちは」

がしっと肩をわしづかみにされたエルロイは、むなしい絶叫を残して浴室へ引きずられていくのだった。

「いいいいいやあああああああああああああっ！」


絶賛洗われ中の身となったエルロイは、いろいろと見てはいけない光景から目を逸らすことで精いっぱいであった。

「うふふふふ……いい肌だわあ。白くてきめ細やかで、吸いつくような潤《うるお》いがあって……こんな肌を荒らすなんてもはや犯罪よねえ」

機先を制して自分で洗おうとしたのもむなしく、たちまち駄目出しをされたエルロイは為されるがままに洗われるしかなかった。

「乙女の柔肌を男どもの油臭い雑巾《ぞうきん》みたいなものと比べるなんてもってのほかよっ！　そんな力任せに擦《こす》ったら痛いでしょう？」

「あ、はい」

もちろん実際に肌が真っ赤に傷《いた》んだこともあるが、エルロイの視線はメロンのように豊かに実ったカーチャの胸にくぎづけであった。

そのボリュームは、記憶にあるセイリアのそれを大きく上回る。

「氷雪嵐《アイスストーム》！」

「うわっ！　こ、殺す気かセイリア！」

「誰が貧乳だっ！」

「誰もそんなこと言ってねえよ！　ていうか、そんな意味不明なことで魔法をぶっ放すな！」

「おかしい……この感覚はきっとエルロイ。絶対に天誅《てんちゅう》を下す！」


セイリアとレーヴェの間でそんな会話がされているとは夢にも思わず、エルロイは惜しげもなく晒《さら》されたカーチャの肢体《したい》にノックアウト寸前であった。

これまで女性と付き合ったことのないエルロイに、いきなりカーチャのようなナイスバディは刺激があまりに強すぎた。

（いかん、鼻血が……）

顔面の血管に血流が集中していくのがわかり、エルロイはぶるぶると頭を振った。

「だめよ、ちゃんと見てなきゃ。敏感な部分のケアは大切だから」

「ひゃんっ！」

自分のものとは思われぬ嬌声《きょうせい》にも似た悲鳴を上げて、エルロイは身を固くした。

カーチャの手が女性特有の敏感な部分に触れたのである。

「こういうデリケートな部分こそ、淑女として気をつけなくてはいけないわ。間違っても乱暴に扱ってはダメ。指でこするようにして少しずつ汚れを取る」

「わか、わかりましたから……！　早く終わって……！　ひううっ！」

カーチャの言葉は正しい。

なんとなくそれがわかるだけに、エルロイも強く拒絶することができずにいた。

しかしそれと身体の反射はまた別である。魔法剣士として苦痛には耐性のあるエルロイだが、苦痛とは真逆の未知の感覚には対応ができない。

「エルファシアちゃんも生理が来ると思うし、そのケアもきちんとしないとね」

「――えっ？」

今、またも聞き捨てならないことを聞いたような気がする。

「生理……来るの？」

「当たり前でしょう？　エノク様のボディが見かけ倒しだとでも思っているの？　完璧で、人間の女と何ひとつ変わらないわよ！」

――ということは子供が産める⁉

「ふにゃああああああああああああああああっ！」

「ちょ、ちょっと！　エルファシアちゃん落ち着いて！」

昨日の今日で、そこまで女性に適応することなど不可能だった。それをいやというほど自覚させられたのである。

「いやいやいやいやいやいやいやっっ！　俺のお○ん○ん返して！」

「こらっ！　淑女がお○ん○んとか言っちゃいけません！」

駄目だ。こんなの子供の駄々っ子と変わらない。そう思うエルロイだったが、この身体になってから感情の制御がひどく難しかった。

「ふえええええええっ！」

「もう……しょうがないわね……」

一時エルロイの身体を洗うことをやめたカーチャは、ぐっとエルロイの小さな身体を抱きしめた。

「好きなだけ泣きなさい。女の子は泣くのを我慢しない分だけ、男より強い生き物なのよ」

男ならその意見には素直に頷けない部分があるだろうが、今のエルロイには冷静にそうした思考をするだけの余裕はなかった。

豊かで柔らかいカーチャの生乳に顔を埋《うず》めていることも忘れて、エルロイは疲れ果てるまで泣き続けた。

「……あらあら、寝ちゃったわ」

やがて眠ってしまったエルロイを、カーチャは愛おしそうに抱き上げる。

「エノク様より可愛いんじゃないかしら。使い魔心をくすぐるご主人様ね」

手早くエルロイの身体を拭き、シルクのネグリジェを着せたカーチャは、ベッドにエルロイの身体を大切そうに横たえ、自らもその隣に並んだ。

「お休みなさい、エルファシア様」


翌朝、目が覚めると同時にエルロイはのけぞって悲鳴を上げた。

カーチャの彫《ほ》りの深い美貌《びぼう》と、零れ出るようなふたつの巨乳が目に飛び込んできたからである。

「ひゃあああああああああっ！」

「あら、おはようエルファシア様。恥ずかしがらなくていいのよ？　だって女同士じゃない」

「俺の心は男ですからっ！」

そこだけは譲るわけにはいかないのが、エルロイのアイデンティティであった。

もしこの防壁が破られれば、もはやエルロイという人格は、かつて存在した何かに成り下がってしまうだろう。

すでにだいぶ汚染された気がしないでもないが。

「エルファシア様の意思は尊重したいけど……エノク様の身体で生活する以上、淑女としての立ち振る舞いは覚えてもらう必要があるわ。私もこればっかりは譲れないわよ？」

「人目のあるところでは妥協するので……」

いくらエルロイでも、今の美少女の姿で男のように行動するのが痛すぎることはわかっている。今さら黒歴史を追加するのは御免であった。

「それじゃ、まず下着の付け方から教えよっか？」

「前言撤回してもいいですか？」

「だ、め！」

結局、またも着飾らされてしまった……。

どう見ても深窓《しんそう》の令嬢《れいじょう》にしか見えない自分の姿に、エルロイはホロリと瞳を潤ませる。

「う〜〜んっ！　満足！　それでエルファシア様、これからどうするの？」

髪を撫でるようにして香油を染《し》み込ませながらカーチャは尋ねた。

「……まずはレーヴェたちと合流しなきゃな」

あの二人が追手に捕まっているとは思えなかった。

奇襲を受け仲間を守るためにしんがりとなったが、最初からあの二人が自分の命を最優先に行動していれば、あの場から逃げるのも可能だったろう。

それに、あの二人がやられたまま黙っているはずがない。各地に散らばった仲間を集めて、復讐の機会を狙っていることは確実だった。

「随分信頼しているのね？　恋人？」

「ば、馬鹿っ！　俺は男だって言っただろう！」

「あらぁ？　私はそのレーヴェって人のことだなんて、一言も言ってないわよぉ？」

「うぐっ！」

そんな聞き方をされたら誰だってそう思うじゃないか！　とエルロイは思ったが、カーチャの悪戯っぽい笑みを前に、言い訳は無駄であることを察した。何を言っても余計にいじられるだけだ。

「――で、今さらだけど、ここはどこなんだ？」

「ケルン山脈の地下洞窟《どうくつ》の中ね。南峰だから、下山すればエステトラス連邦《れんぽう》に出られるわよ」

「エステトラスか！　それは助かる！」

エステトラス連邦は、フリギュア王国の南部に位置する共和制の小国である。

五商と呼ばれる商会の主が元老として君臨しており、その経済的影響力は決して小国と侮《あなど》ることができない。ダイバーギルドにとっても有力な取引先のひとつであった。

「あの国の情報屋には伝手《つて》がある。そこを拠点にレーヴェたちを探そう！」

†

そうして洞窟を旅立ってから三日。

エルロイは毎日積み重なるストレスで早くも胃を痛めていた。

「お嬢ちゃん、お似合いの髪飾りがあるよ?」

「おおおお、お兄さんといっしょに楽しいことしないかな?　な?」

どこに行ってもお子ちゃま、そして美少女扱いなのだ。

こんな可愛らしい娘に獣欲を抱くなど、紳士の風上にも置けぬ。ロリコン死すべし。慈悲はないのだ!

「――てめえら纏めてぬっ殺すっっ!」

ゴメス!

エルロイの眼前で火花が散った。

頭頂部に感じるあまりの痛みに、涙目となったエルロイは頭を押さえてうずくまる。

主人に対して容赦のないエルボースマッシュをかましたカーチャは、優雅に微笑んで小首をかしげた。

「……いけませんわ、エルファシア様。淑女たるもの、言葉遣いには常に気をつけなさいとあれほど言ったのに!　ワンスモアゲイン」

「……私を子供扱いするなら、ただではおきませんわ!」

「ザッツライト!　さ、参りましょう」

「こらこらっ!　ちょっと待て!」

完全に無視された男たちが、声を合わせて叫んだ。

彼らからすれば、エルファシアの可憐な美貌もさることながら、カーチャの妖艶な美女の色香も捨てがたい。

最初から、断られただけで諦めるつもりなど毛頭なかった。

「随分コケにしてくれるじゃねえか……大人しく誘ったからって調子に乗るんじゃねえぞ」

「おおおお、お兄さんの言うことに従わない妹などいないのだなっ！」

「――困りましたね。これ以上はエルファシア様を押しとどめておくことはできませんわ」

「言質《げんち》とったあああああああっ！」

まるで引き絞られた矢が放たれたように、エルロイの小さな身体が飛び出した。

全身を駆け巡る魔力による身体強化だ。小柄で華奢《きゃしゃ》に見える身体は、その強化を軽々と受け入れる。

さすがはエノクの予備身体というべきか。間違いなくスペックはエルロイの元の身体よりも上だろう。

下手に全力を出そうものなら、こんな素人の男たちなど卵のように握り潰してしまいそうだ。

エルロイは軽く悶絶《もんぜつ》する程度に、男の急所につま先蹴りを打ち込んだ。

なぜだろう？　男であったころは他人事でも肝が冷えたのに、今はざまあみろとしか思わない。

「うぐっ……金的はひどい！」

「お、お兄さん、お姉さんになっちゃうっ！」

あまり深刻さを感じられない男たちの反応に、エルロイは手加減することを止めた。

「貴様らには死すら生ぬるいっ！」

グキリ。

しかし、目にも留まらぬ速さで動いていたエルロイを悠々と捕まえたカーチャが、チキンウイングフェイスロックの構えを取る。

まさに電光石火！　完全に極《きま》ったエルロイの関節がギリギリと悲鳴を上げた。

身体強化されたエルロイを封じ込めるカーチャの膂力《りょりょく》は、いったいどれほどのものなのだろうか。

「極ってる！　極ってる！　折れちゃう！　落ちちゃうううううううっ！」

「わ、た、し、言葉遣いについて何度も忠告したはずですわああああっ！」

「ごめんなさい！　次から気をつけますからあああっ！」

幼い美少女が、美女に背後からのしかかられ関節技をかけられている光景は、あまりに異質であった。

いつの間にかたくさんのギャラリーから注目されていることに気づくと、カーチャはオホホ、と愛想笑いをしてエルロイから腕を離した。

危うく飛びそうだった意識を取り戻して、エルロイはカーチャを上目遣いに、うらめしそうに睨みつける。

思わず抱きしめたくなるその可愛らしさを、カーチャは多大な意志力を動員してなんとか耐え抜いた。

「――それで伝手というのはどちらですの？　エルファシア様」

「まずはギルドに行ってみよう。あの事件がどういう処理をされたのか知っておきたいし」

†

エステトラスのダイバーギルドは、非常にこぢんまりとした赤い屋根の建物にある。

規模が小さいのは、エステトラスにはダンジョンがないからだ。

ギルドのなかにはダンジョン由来のアイテムや、クエストの張り紙があるだけで、カウンターの青年は眠そうにあくびをしていた。

「失礼するわ」

聞き慣れない甲高い声で扉をくぐってきた少女の姿に、青年はたちまち眠気も吹き飛び、慌てて背筋を伸ばす。

少女がその様子にクスリと柔らかい笑みを浮かべるので、青年はますます緊張して顔を赤らめた。

「割と小さいんですのね」

なにやら不満そうな、一緒に入ってきた女性も目の覚めるような美女である。

ここエステテラスのギルド駐在員になって数年になるが、こんな場違いな美女が来たのは初めてであった。

「とと、当ギルドに何か御用でありましょうか？」

額に玉のような汗を浮かべ、青年は口元をひきつらせて笑った。

「知人に聞いたのだけれど、本部のほうで何かあったの？」

さすがは正規の職員というべきだろうか。エルロイの言葉に、青年は急激に表情を硬くした。

「……失礼ですが、お嬢様はどちらのダイバーでいらっしゃいますか？」

「どちらの、とはどういう意味かしら？　私はダイバーではありません。ただ、知り合いの安《あん》否《ぴ》を心配して尋ねただけです」

「お探しの方の所在が不明であるとすれば、残念ながら生きておられる確率は低いかと思います。知人の方々にも、できれば本部に近づかぬようにとお伝えください」

やはりあの場にいた職員のほとんどは助からなかったらしい。エルロイは顔には出さず、内心で怒りに震えた。

「何があったのかお聞きしても？」

青年も一人前のギルド職員である。いくら綺麗な少女の頼みでも、普通は秘密を漏らすようなことはしない。

しかし現在の複雑な境遇が、まるで愚痴《ぐち》のように重い口を開かせた。

「わからないんだ。突然ギルド長が反乱容疑で処刑されたという連絡があったと思ったら、フリギュアの本部とロイホーデンの支部で真っ二つに組織が分かれてしまった。フリギュア王国と同盟関係にあるエステトラスとしては、フリギュア本部に従わざるを得ない」

しかも本部からの通達では、氷炎の魔女セイリアや槍匠《そうしょう》レーヴェを発見し次第逮捕しろと言っている。

おそらくはフリギュア王国とロイホーデン帝国の勢力争いに、ダイバーギルドが巻き込まれたのではないか。青年はそう解釈していた。

「追われているセイリアとレーヴェに心当たりは？」

「本部の指示で情報は収集していますが、皆目《かいもく》見当がつきません。ダイバーなら誰だってあの二人を相手にしようとは思いませんよ」

確かにそうかもしれない、とエルロイは苦笑した。

槍を扱わせればレーヴェは大陸でも最強に近い男である。セイリアもまた、攻撃魔法の強力さにおいては並みの宮廷魔法師など比較にならない。

ダイバーのような組織力のない人間が、個人で敵に回していい人間ではなかった。

彼らを捕まえることができるとすれば、軍隊で物量に物を言わせるか、暗殺や毒殺のような騙《だま》し討ち以外にないだろう。

「貴重な情報ありがとうございました」

丁寧に頭を下げ踵《きびす》を返すエルロイに向かって、青年は優しく声をかけた。

「君の知り合いが無事であることを祈っているよ」

「感謝します」

青年の厚意に、エルロイは素直に礼を言った。

「き、緊張したぁ……」

ギルドの窓口を後にすると同時に、エルロイはがっくりと俯《うつむ》いて大きく息を吐き出す。

意識して女性らしく会話するのは、予想以上に神経を摩耗《まもう》する作業であった。男としてのエルロイを、間接的にとはいえ知る相手なだけに、羞恥心《しゅうちしん》が強く刺激されたのだ。

この先レーヴェやセイリアに会ったときのことを考えると、頭を抱えたくなる。

こうしてギルドから出たエルロイは、もうひとつの伝手を訪ねようとしたが、ひとつ困ったことに思い当たった。

少々柄《がら》のよろしくない裏稼業の知り合いである。自分が信用してもらえるか、という問題もあったし、女性二人で訪ねて、余計な有象無象《うぞうむぞう》が集まるのも面倒だ。

「――そんなわけで、カリウスさんと代わってもらえないかな？」

「ひどいわっ！　私を捨てるのねっ！」

「人聞きの悪いことを言わないでください！」

しなをつくって腰をくねらせるカーチャに周囲の視線が集中する。美少女と美女が愁嘆場《しゅうたんば》を演じているとなれば、注目が集まるのは当然だろう。

ひとまずこの場を離れなくては。

首筋まで真っ赤に染めて、エルロイは足早にその場をあとにした。


「……カーチャが大変ご無礼をいたしました」

「いや、無礼という点ではカリウスさんもいい勝負だから」

「ホーリーシット！　私はエルファシア様に対する敬意と忠誠を忘れたことなどありませぬぞ！」

忠誠の表現に、重大なミスがある気がするんだがなあ。

幸いカーチャが大人しく引っ込んでくれたこともあって（夜にはまた呼びだすことを約束されたけど）、執事として風格に満ちたカリウスを盾にすることで、エルロイに対する好奇の視線は減った。

「それで次はどちらに？」

「ああ、『底抜け亭』って酒場に用がある」

底抜け亭は、文字通り、男たちが底が抜けたように大量に酒を飲むことから名づけられた酒場だ。大陸を渡り歩く行商や護衛に人気があることから、情報が集まることでも知られている。

その主人であるボリス・モルガンはエルロイの古い知り合いであった。

「まさかこんなナリでボリスに会うことになるとはなあ……」

それだけが憂鬱《ゆううつ》だった。

よくよく考えれば、男であったころのエルロイを知る人物に会うのは、転生してから初めてなのである。

「邪魔するぜ！」

ゾクゾクッ！

突然カリウスに背中を指でなぞられて、エルロイは危うく悲鳴を上げるところだった。

カーチャは暴力だが、カリウスはセクハラなのかっ！　ある意味カーチャより性質《たち》が悪いっ！

「……お邪魔するわ」

そう言い直したエルロイは、かつて何度も訪れた店内を見渡した。

商人らしき身なりのいい男が数人ほどで、両脇に商売女をはべらせていた。こちらに好奇の視線を寄こしているのは護衛の兵士だろうか。

ツ ツーッ‥

「嬢ちゃん、悪いことは言わねえから帰りな。ここは嬢ちゃんの遊び場には早すぎる」

静かな迫力とともに、ボリスはエルロイに向かって手を振った。

どこの貴族の令嬢か知らないが、店を子供の遊びに利用されるのはボリスのプライドが許さなかった。

「ショーパイエを飲めるのはここだけだと聞きましたわ」

「……嬢ちゃん、珍しいもん知ってるじゃねえか」

ショーパイエとは、ボリスの出身地に伝わる非常に珍しい茶をブレンドしたオリジナルカクテルで、それを知っているのはこの酒場の裏に通じた人間に限られる。

その名が出たとなると、到底見過ごすことはできなかった。

「カウンターに座りな。お望みのショーパイエを飲ませてやる」

そう言いつつ、ボリスは油断のない目で金髪の少女を見つめた。

一度見れば二度と忘れられない美貌だ。間違っても知り合いではないし、知り合いの誰とも似ていなかった。

「ところでショーパイエを誰に聞いた?」

他の客に聞こえない程度の小声でボリスは尋ねる。

呟くように低い声だが、その響きには嘘や曖昧《あいまい》な答えは絶対に許さない、という意思が込められていた。

「カンタビーユの捨て子に」

「なんだと?」

ボリスは想定外の返答に唸《うな》った。

『カンタビーユの捨て子』が自分の想像通りの人物であれば、迂闊《うかつ》に口にすることはできない渦中《かちゅう》の人物だったからである。

「懐かしい名だ。奴は元気かい?」

「いいえ……彼は死にました。今は彼の友人の行方を探しています」

「そうか。死んだ、か」

エルロイを処刑したという発表を耳にしてはいたが、こうして他人から聞かされると、あらためてその死を実感してしまう。

長年の知り合いが殺されたという事実は、ボリスを憂鬱にさせるには十分だった。

「――それにしても、奴が美少女愛好家《ロリコン》だったとは」

ポロリと漏れたボリスの一言に、カチンと空気が凍りついた。

今、この男はなんと言った? 美少女愛好家《ロリコン》……それはもしかして、俺のことを言っているのか?

「本命《セイリア》は、実は隠《かく》れ蓑《みの》だったのかもしれないな。そういえば孤児の女を拾ったと聞いたことがあったような……奴を見損なったぜ」

「誰が美少女愛好家《ロリコン》だあああああああっ⁉」

反射的にエルロイは絶叫した。

いくら女の身体に身をやつしたとはいえ、美少女愛好家《ロリコン》扱いされる謂《いわ》れはなかった。

「割と女にモテたはずなのに、誰ひとり手を出さなかったのはそういうわけか。嬢ちゃんのような、いいとこの令嬢にまで手を出すほど見境がないとはな」

「だから美少女愛好家《ロリコン》じゃないからっ！　わ、私は彼の恋人でもなんでもないのっ！　信じてえっ！」

「さ、参考までに聞きたいんだが……嬢ちゃんは処女か？」

「ＫＩＬＬ　ＹＯＵ！」

「ちょ、落ちつけ。俺が悪かったああああああっ！」

こうして大暴れしたエルロイのせいで、底抜け亭は臨時休業に追い込まれることとなった。

「さすがに、これには同情を禁じ得ません」

泣きながら暴れるエルロイを、カリウスも積極的に止めることはできない。

正気を失ったエルロイが落ち着くまでには、しばらくの時間が必要であった。

無人となった底抜け亭で、ボリスは大きく腫《は》れあがった頭部を押さえる。

「……ててて、わかった！　わかったよ！　エルロイは美少女愛好家《ロリコン》じゃない。あんたはエルロイの恋人じゃない。だからもうやめてくれ！」

「うううううっ……本当に信じてる？」

「信じたからっ！　これ以上暴れられたら店が潰れちまうよ！」

――うらむぜ、エルロイ。全くなんて奴を寄こしやがった。

未だに涙目でこちらを睨みつけているエルロイに、ボリスはお手上げだとばかりに両手を上げた。

「それで？　俺にどうしろって言うんだい？」

「そりゃあもちろん……」

目的を思い出して真顔に戻ったエルロイは、コツコツとカウンターを人差し指で叩いた。

「壁抜けのボリス――もうひとつの商売を辞めたわけじゃあるまい？」

その名はエステトラスはおろか、フリギュアなど国外にまで轟《とどろ》く情報屋のものである。どんな伝手で情報を集めているか誰にもわからないことから壁抜けと渾名され、エルロイもよく利用した男だった。

カウンターを人差し指で二度叩くのは、情報を利用するときの符牒《ふちょう》。ショーパイエを頼むのは、人に聞かれたくない話をする場合の符牒だ。

「符牒は間違っちゃいないが……さすがに今回ばかりは確認を取らせてもらうぜ」

情報屋として名高い地獄耳のボリスですら、目の前の少女についての情報はまるでない。いかに符牒を知っていようと、それだけで信用するには無理があった。

「嬢ちゃん、本当にエルロイの腹違いの妹なんだな？」

「ええ、そうよ」

「奴とは親しかったか？」

「もちろん、同腹の妹同然に大事にされていたわ。彼のことなら何でも知ってる」

エルロイという人物を語るうえで、自分以上の適任者はいない。もともと同一人物なのだから当然である。

堂々と胸を張るエルロイに、ボリスは尋ねた。

「では聞くが、エルロイの尻には大きな傷がある。どうしてついたか知っているか？」

「そ、それは――」

決まり悪そうにエルロイは口ごもった。当然答えは知っているが、口にするのが憚《はばか》られたのである。

「その、湖で油断して……用を足していたら、後ろからシャークスピアーに……尻を……てか誰だよっ！　それをお前に教えた奴は！」

「槍匠レーヴェだけどな」

「レーヴェ、あいつ、絶対許さねえええええっ！」

「どうやら身内で間違いねえようだな。しかし……妹にこんな話を聞かせるなんざ、案外奴はマゾだったのかねえ……」

「お前が聞いたんだろうがあああああああっ！」

「まさか答えるとは思ってなかったよ」

「ど畜生おおおおっ！」

哀れなエルロイは、血涙を流さんばかりに絶叫したのであった。


相変わらず頭を押さえたままのボリスは、痛みに顔を顰《しか》めながら話し始める。

「フリギュア王国がダイバーギルドの本部、マーガロックダンジョンに軍を派遣したという事実は、各国で様々な憶測を呼んでいる。エルロイたちがギルドに兵力を集めてフリギュアへの侵攻を企《くわだ》てたなんて話は誰も信じちゃいないよ」

「——当然だな。ギルドの兵力では、せいぜい街をひとつ占領するので精いっぱいだ」

「そう、だからフリギュアがギルドの権益を奪うためにやったんだろうと思われている。マーガロックダンジョンの発見以来、ギルドの立場が強くなるのを苦々しく思っていた国は、尻馬に乗ってギルドの吸収に乗り出したしな」

「……また元の木阿弥《もくあみ》かよ」

不機嫌に唇を歪めたエルロイにボリスは優しく笑う。

「ところがそうでもない。少なくともギルド支部のある国家の七割は、現行のままダイバーギルドの存続を認めた。これはロイホーデンの支部長ゲルラッハの手腕に負うところが大きい」

「まあ、ゲルラッハはもともと王族だからな」

現在のダイバーギルドでもっとも高貴な生まれといえば、間違いなくロイホーデンの怪傑《かいけつ》ゲルラッハである。

王族でありながら各国のダンジョンで活躍し、ついには生まれ故郷のケルン王国から追放されてしまった男だ。その武勇もさることながら、各国を渡り歩いた経験と人脈はギルドにとって欠かすことのできないものであった。

「レーヴェとセイリアもそこまで逃げられれば……」

「ま、あんたにはそれが本題なんだろうが、ちょいと面倒なことになっていてな」

二人が生きていることを認めるボリスの言葉に、エルロイは表情を輝かせた。

「このエステトラスを含め、フリギュア本部の傘下ギルドは、あの二人に莫大《ばくだい》な賞金を懸けている。いくらあいつらでも大手を振って街は歩けん」

「それはまあ……そうだろうな」

「怪我人も一緒だし、味方であるはずのギルドが完全には信用できない。これが一番の問題だ。

裏切り者がサリエル一人のわけはない」

よく考えれば当たり前の話であった。

エルロイたちを追い出した後のギルドを運営していくためには、ある程度の組織力と基盤がなくてはならない。

とりあえずは現状も運営されているのだから、ホームを持たない流れのダイバーの中には、フリギュアの息のかかった者が相当数いるのだろう。

「そんなわけで、レーヴェたちはワルキア公国との国境付近で様子見だ。そこで信頼のおける仲間と情報を集めている。剣聖オイゲンなどが合流したとか」

「彼らに会うにはどうすればいい？」

「『踊る三日月亭』でレーヴェの大嫌いなものを注文すれば、連絡が取れる仕組みだ」

「ありがとう……お代はここに置いておくから」

金貨の入った小袋を置いてエルロイは立ち上がった。

「最後にひとつ聞きたいんだが……」

好奇心に耐えかねて、恐る恐るボリスはエルロイに尋ねた。このあたりは情報屋としての宿《しゅく》痾《あ》ともいうべき性分なのだろう。

「――本当にエルロイとデキてない？」

「死ね」

底抜け亭に、ボリスの野太い悲鳴が響き渡ったのは言うまでもない。

†

その人影に気づいたのは、底抜け亭を出てすぐのことである。

素人ではなさそうだが、だからといって腕がいいとはお世辞にも言えない連中であった。

「……これはもしかすると、ボリス自体マークされてたかな？」

レーヴェとセイリアの莫大な賞金を狙う者が、接点のあるボリスを見張っていたとしても不思議ではない。

あえて人通りの少ないほうを選び、路地を右へと曲がると、案の定武装した傭兵の一団が道を塞いで待ち構えていた。

「ここから先は行き止まりだぜ？」

「参考までに聞くけど、何の用だ？」

随分と見くびられたものだ。挟み撃ちとはいえ下級の傭兵がたった十人あまり。

こんなチンケな戦力で神速のエルロイを相手にできるとでも？　しかもこちらにはカリウスもいるのだ。

「へっへっへっ……聞いたぜ。お前、あの神速エルロイを知ってるんだってなあ」

「なんのことかな？」

「おいおい、俺はあの酒場でお前がカンタビーユの捨て子って言うのを、この耳で聞いたんだぜ？　しらばっくれるんじゃねえ」

——これは迂闊だったな。

カンタビーユとは、ゲッチンゲン連邦にある割と大きな地方都市の名だ。

その出身というだけでは珍しくもないが、エルロイが捨て子であったことを知っているなら話は違う。

「死にたくなかったら言うことを聞きな。仲間はいったいどこにいる?」

下卑《げび》た薄笑いを貼りつかせて、男はエルロイに向かって手を伸ばす。

反射的にカリウスが割り込もうとするが、エルロイは視線でカリウスを押しとどめた。

女性の身体になってからというもの、積もりに積もったフラストレーション。それを解消する機会を奪われるわけにはいかなかった。

「むしろ俺が聞きたい。お前らは誰の手下で、俺の仲間たちが今、どこでどうなっているのかを、な」

小さな少女にはあまりに不釣り合いな殺気に、男たちの全身が獣に睨まれた草食動物のように総毛立《そうけだ》った。

もしも彼らに相手の力量を推し量るだけの実力があったなら、迷わず後ろも見ずに逃げ出したであろう。しかし不幸にも彼らは、全身を襲う不快感の原因が、少女の居丈高《いたけだか》な態度だと勘違いした。

「俺はロリには興味ねえんだが、痛い目を見なきゃわからねえか……」

ロリには興味がないと言いながら、男の瞳はいやらしい獣欲に濁《にご》っていた。

そんな雄《おす》の視線がどんな影響を与えるか想像もせずに。

「ぶっちギるっ！」

一閃――エルロイがゆらりと前傾したと思ったときには、もう男の股間が真っ赤な血に染まっていた。

男としての象徴《しょうちょう》の破壊と激痛を想像して、反射的に他の傭兵たちは尻穴に力を入れて腰を引いてしまう。いつの世も、急所攻撃は絶対なのである。

「――いやだああああっ！　俺はまだ失くしたくねええっ！」

「心配しなくても、ロリに欲情する獣以外は斬り落とさない！」

自分に欲情されたことが死ぬほどいやだったエルロイは、欠片も容赦しなかった。

エルロイのナイフによって次々に斬り落とされていくナニ。そんな阿鼻叫喚《あびきょうかん》の地獄絵図に、一応男性体であるカリウスもさすがに同情を禁じ得ない。

「エ、エルファシア様……もうそのへんで……」

「そう？」

かろうじて死者はいないものの、股間を押さえて悶絶する男たちの無惨な姿は、見る者の魂を凍らせるには十分であった。

「さて、俺の質問に答えてくれるかな？　お前は斬られたくないだろう？」

「サー！　イエス、サー！」

ナニを守るためならなんでもします、と言わんばかりの即答だ。

「これは誰の差し金？」

「ラ、ラグナス様だ！　ここの新しいギルド長のご命令なんだっ！　賞金首の身内や関係者の情報を集めていらっしゃる！」

エルロイはそのやり口に対する嫌悪感に、ギリリと奥歯を噛みしめた。確かにセイリアやレーヴェは一騎当千の強者だが、身内を人質に取るなど許されてよいはずがない。

「……以前のギルドでは聞かなかった男だな。ちょっと案内してもらおうか」

死刑宣告でも受けたような青ざめた顔で、男はエルロイとカリウスを街の奥まった場所にある邸宅へと連れて行った。

「こ、ここにいる……お、お願いだ！　もう解放してくれ！」

「つれないことを言うな。せっかくだから、神速エルロイの身内を連れてきたことにすればいいだろう？」

脅迫されて案内してきたとなれば殺されても文句は言えないが、捕虜にして連れてきたとなれば問題ないだろう。

もっとも、今から言いわけをする相手を滅ぼすので結果は同じだが。

「余計なことを考えるなよ。こちらは魔法が使える。何かすればお前の頭が吹き飛ぶぞ」

「へ、へい……」

カムフラージュとして両手を縄《なわ》で縛《しば》ったエルロイにそう言われて、男は見るも哀れにしょげ返った。

引くも地獄、進むも地獄とはいえ、身近な死の危険を恐れるのは止むを得ないことだ。

男が符牒らしき札を掲げると、守衛と思《おぼ》しき兵士が現れ、一同を屋敷の奥へと案内した。


ここに住むラグナス・アレインは、裏社会ではそれなりに名の知れた商人である。

表向きは堅気《かたぎ》を装っているが、儲けのためならば手段を選ばず、そのために多くのならず者を抱えていた。

そんなラグナスがダイバーギルドの出した巨額の賞金に食指《しょくし》を動かすのは、むしろ当然のことであった。

しかしすでに国内の賞金稼ぎが目の色を変えて動き出している以上、彼らを出し抜くにはそれなりの手段がいる。そこで人質という発想が出てくるのが、普通の賞金稼ぎとは違うところであろう。

職業柄、情報だけは賞金稼ぎよりも早く入ってくるのだから、勝算は十分にあるとラグナスは考えていた。

ただ不幸なことに、賞金首に逆襲されるというリスクは微塵《みじん》も考えていなかったのだ。

ダイバーギルド反乱の首謀者である、神速エルロイの身内を捕まえたと部下から聞いたラグナスは、ホクホク顔で獲物の到着を待ちわびていた。

(俺も運が向いてきたかもしれん。フリギュアのギルドに伝手ができれば、マーガロックダンジョンの遺物販売に参加することも……)

稀少なアイテムを産出するダンジョンの販売権は、商人にとっては垂涎《すいぜん》の的である。

エルロイがギルドを管理していたときには入り込めなかったが、今度の新ギルドに恩を売れれば、参加して大商人となるのも夢ではない。

「――連れてまいりました」

「おおっ!」

一目で、ラグナスの意識は一人の少女に釘付けとなった。

もう一人の男《カリウス》になど見向きもしない。

まるで天上の美貌である。女性としての成熟度はまだまだだが、そこには神の領域でなければ手が届かぬ造形のひとつの頂点があった。

煌《きら》びやかな黄金の髪は、それ自体が本物の金で出来ているかのように輝き、しなやかな肢体は細くたおやかで、少女の可憐さを引き立てる。

(これはもったいない。情報を聞き出したら俺のものに……)

ラグナスが都合のよいことを考えていると、先に口を開いたのは少女のほうであった。

「今までに何人連れ込んだ？」

「――ん？」

全く怯えを感じさせない少女の態度に、不快感を覚えたラグナスは眉をつり上げた。

こういう手合いには恐怖を植えつけ、どちらの立場が上か身体に覚えさせる必要があることを、ラグナスは経験的に熟知していた。

「身の程を知らんようだな。お前を生かすも殺すも俺の胸ひとつなのだぞ？」

「返答次第ではお前の命が危ういのは確かだな」

平然とラグナスを侮蔑《ぶべつ》するかのように言う少女に、たちまちラグナスは怒髪天を衝《つ》いた。

「構わんっ！　こいつを死なぬ程度に痛めつけろ！」

ラグナスが命令したにもかかわらず、誰も答える者はいなかった。

訝《いぶか》しげにラグナスが振り返ると、ドサリと音を立てて護衛たちが仰向《あおむ》けに倒れていく。

いったい何が起きたのかわからずラグナスは惑乱した。

「だ、誰かっ！　誰かこいつを殺せ！　早くしないか！」

「たかがこの程度の護衛で俺をどうにかできると思ったのか？　残っているのはお前一人だ」

武力という点では素人にすぎぬラグナスには見えなかったが、エルロイは神速の踏み込みで護衛の男たちに拳を叩き込んでいたのだ。

「さて、死にたくなかったら答えてもらおうか。これまで何人連れ込んだ？」

「ひいいいっ！　お、お前が初めてだ！　ここはワルキアへの通り道だから、念のために網を張っていただけで……」

「ほかに誰か捕まっている幹部はいないのか？」

凍るような声の冷たさに、ラグナスは、返答を誤れば自分の命がなくなると確信した。

どうして今まで考えもしなかったのだろう。

ダイバーギルドの幹部といえば、化け物のような武力の持ち主だと聞いたことがある。その身内なら、同じく化け物かもしれないではないか。

ガタガタと全身を恐怖で震わせるラグナスに、エルロイは微塵の同情も感じなかった。

たとえダイバーの仲間を捕まえていなくても、ラグナスがこれまで無辜《むこ》の市民に非道を働いてきたことは明らかだったからだ。

「フ、フリギュアで捕まった幹部はみんな殺されたと聞いている。逃走中の幹部で捕まった者がいるという話は知らない」

「殺された幹部というのは？」

「神速エルロイ、紫電《しでん》のマーテル、皆中《かいちゅう》のサイオン……くらいだ。あとは職員が数十人死んだらしい」

――やはりセイリアとレーヴェは逃げ切ったか。

それにしても、なんの力もない職員まで殺すとは、どこまで卑劣《ひれつ》な輩だ……サリエル！

「レーヴェとセイリアはどこにいるかわかっているのか？」

「ワルキアに向かっているそうだ。ただ、少しでも仲間を集めようとして国境を越えずにいるらしい。だから俺は……」

「なぜ、レーヴェたちが国境を越えていないと知っている？」

ラグナスの何気ない一言をエルロイは聞き逃さなかった。

途端に言葉に詰まるラグナスに、エルロイは冷たい殺気を向ける。

このままでは殺されてしまうことを、ラグナスは生存本能によって直感した。今は生きるために迷いや躊躇《ちゅうちょ》など捨てなければならないのだ、と。

「く、詳しいことは俺も知らん！　ただダイバーギルドに裏切り者がいて、そいつが情報を漏らしているらしい」

「それは誰だ？」

「――知らないっ！　本当に知らないんだ！」

「命の値段は安いほうが好みか……？」

刺すようなエルロイの視線を正視したラグナスは、涙と鼻水で顔をくしゃくしゃにして恐怖した。

まるでそこに、血の海に沈んで血と肉袋になった自分が見えるような、そんな気がした。

「そうだっ！　確か剣士……裏切り者は剣士だと聞いた！　それだけなんだ！　嘘じゃない！」

ただ助かりたい一心でラグナスは叫ぶ。

(剣士、だと?)

あまりにも大雑把な情報である。そのくくりで言うなら、エルロイも魔法剣士ということで該当するだろう。

しかしエルロイには、ある心当たりがあった。

(ボリスが、オイゲンが合流したと言っていたな)

剣聖オイゲンは朴訥《ぼくとつ》で誠実な武人だとエルロイも知っている。

彼が裏切り者である可能性は低いが、同時に、もしあれほどの腕の持ち主が裏切っているとすれば、レーヴェやセイリアの実力をもってしても危険であった。

ラグナスにとって不幸だったのは、エルロイがそうして考え込んでいたタイミングで、見回りの護衛たちが帰ってきてしまったことである。

彼らの到着によって、再びエルロイを捕らえる好機が訪れたとラグナスは錯覚した。

商人であるラグナスに、所詮エルロイとの力量差を見抜くことは不可能だったのだ。

「おいっ! 敵だ! 早く捕らえろ!」

「へ、へい。嬢ちゃん、悪く思うな――」

しかし護衛の男は、途中までしか言わせてもらえなかった。

疾風《しっぷう》のように飛び出したエルロイの、そのか細く折れそうな足からは想像もつかぬ強烈な蹴りを受け、さらに目にも留まらぬ速さで、肝臓《レバー》にアッパー気味の拳を食らったのである。

「あばばばばっ⁉」

一呼吸の間に十人の護衛を殲滅《せんめつ》され、ラグナスは自らの目論見《もくろみ》が甘かったことを悟ったが、もうどうすることもできない。

「ひいいいっ！　た、助けてくれ！」

子供のように手当たり次第に物を投げつけ、見苦しく泣きわめくラグナスに、エルロイはもはや生かしておく必要を認めなかった。

どちらにしろ、この男を生かしておけばダイバーや世間に禍《わざわい》しかもたらさぬであろう。

「――天《てん》の太刀《たち》」

せめて一刀で葬《ほうむ》ろう。

エルロイの剣は、ラグナスの身体を脳天から真っ二つに両断した。

そして、一刻も早くセイリアたちと合流しなくてはならないと決意した。

†

ワルキア公国はおよそ百年ほど前にブルームラント王国から独立した、歴史の浅い新興国である。

建国の王、カルロス一世はブルームラント王国の騎士団長でもあったため騎士王と呼ばれ、その尚武《しょうぶ》の気風は今もなお色濃く残っている。

槍匠レーヴェはこの国で生まれ、わずか十四歳にして現役の騎士に土をつけるという武勲を上げ、将来を嘱望《しょくぼう》された。

にもかかわらずダイバーに身を投じたのは、現在でもワルキアの人々の間で謎として語られている。

踊る三日月亭に行くため久しぶりに訪れた、活気に満ちたワルキアの空気に、エルロイもまた心が浮き立つのを抑えられずにいた。

「そこの綺麗な嬢ちゃん！　ワルキアの杏飴《あんずあめ》はどうだい？」

「冷し飴も美味しいよ！」

「誰が嬢ちゃんだ！　誰が！」

エルロイは激昂《げきこう》するが、彼らからすれば何も間違っていない。

つばの広いピンク色の帽子に、ふんだんにフリルがあしらわれた白いワンピース。そしてスラリと伸びた足先には深紅の靴を履《は》いている。

艶のある黄金の髪を編み込んだ髪型は、エルロイの可愛らしさを否が応にも引き立てた。

要するにどこをどう見ても、エルロイは富裕な家のお嬢様以外の何者でもなかったのだ。

そんなエルロイが背中を丸めてもじもじする姿に、カーチャは己の自制心がどこかにスピンアウトするのを自覚した。

「エルファシア様。堂々としないと、もっと男どもの視線が集まりますよ？　もっとも、女は見られて綺麗になる生き物ですけれど」

「善処します……っ」

エルロイは言われた通り精いっぱい背筋を伸ばすも、気恥ずかしさが消えず頬を染める。それをカーチャは、無意識のうちに抱きしめていた。

「可愛いっ！　可愛すぎますわぁ！　エルファシア様！」

「やっ！　こらっ！　どさくさに紛れてどこ触ってんだよ！」

どこか鼻にかかった甘い声で息を荒らげ、エルロイがカーチャを引き離す。

「ふぉっふぉっ、若い娘はいいねえ。わしも孫娘に会いたくなってしまったよ」

傍目《はため》にはじゃれ合っているようにしか見えない二人を、七十に手が届こうかという好々爺《こうこうや》が楽しそうに見つめていた。

「お嬢ちゃんも背伸びしたい年ごろじゃろうが、今はまだ甘えておきなさい」

まさか老人に八つ当たりするわけにもいかず、エルロイも引きつった愛想笑いを浮かべるしかない。

「よしよし、可愛いお嬢ちゃんにご褒美《ほうび》をあげよう」

老人は懐から飴玉を取り出すと、三つほどをエルロイの手のひらに載せた。

無性に暴れたい衝動を抑えつつ、心の中で血の涙を流しながら微笑む。

「あ、ありがとう。おじいちゃん」

しかしエルロイの忍耐もここまでだった。老人と別れた途端がっくりと膝を突き、世界の何もかもが嫌になったように頭を抱えた。

「俺は可愛くなんてない……俺は可愛くなんてない……」

「そ、そうねえ……エノク様の身体がいけないのよねえ」

それはたとえ嘘であっても外見が可愛いということを否定できない、カーチャなりの妥協であった。しかし中途半端な優しさは、いつだって傷ついた心に塩を擦り込むのである。

「あのころに戻りたいよう……上半身裸で……ビールがぶ飲みして……誰の目も気にせずに昼までゴロゴロしたいよう！」

子供がいやいやをするように首を振るエルロイの姿と、吐《は》き出された言葉の内容はあまりにもかけ離れていた。

「――同情する気も失せたので慰《なぐさ》めませんよ、私は」

その後、いつまでも続く駄々《だだ》にキレたカーチャが実力行使に出ようとするのを本能的に察したエルロイは、ようやくにして大人しくなったのである。

「あれか！　確かに踊る三日月亭と書いてある」

ワルキアの目抜き通りから二本ほど裏に入った路地に、その店はあった。

明るい色の煉瓦《れんが》造りで色とりどりの花に囲まれたその店は、いかにも瀟洒《しょうしゃ》なレストランの雰囲気で、かつて居酒屋でばかり食事をしていたエルロイが思わず尻込みするほどであった。

「……入りづらいな」

「何を言ってるんですか！　女性向けのとてもいい雰囲気なのに！」

だから入りづらいんじゃないか、とエルロイは言いかけて、慌てて口をつぐんだ。

またカーチャに実力行使《セクハラ》される未来しか思い浮かばない。

「いらっしゃいませー！」

エンジ色の楢《なら》の木で造られた玄関を開けると、小さな女の子がエルロイたちを出迎えた。

——本当に小さい。もしかして十歳くらいではないだろうか？

エルロイはパタパタと忙しげに店内を駆ける少女の姿に目を丸くした。

赤茶色の髪にフラフラと揺れるカチューシャが愛らしい。

メイド風のドレスデザインも、少女の活発さと幼さが強調されていて、エルロイはとても微笑ましく感じた。

「もしかしてエルファシア様も、ああした格好に興味がありますの？」

「全然ないですからっ！」

事実、今の格好でも十分に羞恥プレイだとエルロイは思っているのだ。

入口で騒がしくしている自分たちに店内の視線が集中したのを感じて、エルロイは顔を真っ赤にしてそそくさと窓際の席に座る。

そんなエルロイとカーチャに、遠慮のない値踏みするような視線が纏わりついていた。お洒落《しゃれ》な店の雰囲気とは裏腹に、客層は少々よろしくないようである。

その理由にエルロイは思い当たるものがあった。

「……そうか、今年は武闘祭、か」

ワルキア公国では三年に一度、大陸各地から武芸者を集めて大規模な武闘祭が開催される。

誰でも参加することができ、しかも優勝者には莫大な賞金と騎士爵位が与えられるのが通例であった。

歴代の優勝者は大抵の場合、そのままワルキア騎士団に入隊する。

大陸の騎士団のなかでも最強と謳われるワルキア騎士団への入隊を夢見る少年たちにとって、武闘祭はまさに夢の舞台であった。

実は、槍匠レーヴェは前々回の武闘祭の優勝者でもある。

地元出身者が優勝したのは久しぶりで、誰もがレーヴェの騎士団入隊を疑わなかったのだが、彼は全く頓着《とんちゃく》することなくダイバーの道を選んだ。

なぜレーヴェがダイバーとなることを望んだのか。その理由は、大衆はおろか、親友のエルロイでもわからない。

「――全く、参加するだけ無駄なのに」

そう。夢を見るのはいいが、毎回上位に食い込む武芸者は化け物レベルである。間違ってもこの店内でたむろっているような二流三流が勝ち残ることはありえない。

「なんだと、この女《アマ》」

エルロイの呟きを小耳に挟んだ一人の男が、憤然として立ち上がった。

典型的な戦士職の出で立《いた》ちをし、巨体と隆々とした筋骨は堂々たるもので、どうやら男自身それなりに自負するものがあるらしい。

やれやれとエルロイは憂《うれ》い顔でため息をついた。

こうした食事中の会話には聞き耳を立てないのがマナーというものなのに……男女関係なく。

「何か？」

可憐な美少女がまったく怯えることなく淡々と返事をしてきたことに、男はどこか裏切られたようなものを感じながら虚勢を張った。

「この魔獣殺しのヤザン様にとって、武闘祭など恐れるに足らん！　小娘が利《き》いた風な口を叩くんじゃねえ！」

「魔獣ってなんですか？」

「オ、オーガだ！　この俺様にかかればオーガの一匹や二匹……」

たかがオーガ程度でいばるなよ。

エルロイは明らかに失望したという様子で俯いて、こみかみを指で揉んだ。

毎回のことではあるが、自分のレベルを弁《わきま》えないお上りさんというのは、一定の数いるものなのだ。

一度でも上位の力を思い知れば、間違ってもこんな勘違いはしないのだが。

「て、てめえ！　何だその反応はっ！」

「あ、あの～～～」

場の雰囲気を一変させるのどやかな声に、エルロイと男は一斉に振り向いた。

ちんまりした身体の少女が、お盆を手に、困ったようにこちらの様子を窺《うかが》っていた。

「ご注文がお決まりならお伺いしたいのですが～？」

この状況でどこまでも我が道を行くとは……この少女、なかなかできる！

「ナメクジをお願いしますわ」

「はああああああっ？」

言おうか言うまいか躊躇しているうちに、微塵の迷いもなくカーチャに言われてしまった。

そうなのだ。レーヴェは死ぬほどナメクジが嫌いなのだ。

ナメクジを殲滅するためなら、竜をも殺せる奥義中の奥義を繰り出してしまうお茶目さんなのである。

そんなナメクジが符牒である、とは聞いていたものの——。

「ええ〜と、それは塩をかけると消えちゃう、あの可哀そうなナメクジのことですか？」

「可哀そうかどうかは別として、そのナメクジですわ」

「少々お待ちくださいませ〜〜」

可愛らしく小首をかしげた少女は、自分の判断にはあまると思ったのか、踵《きびす》を返して厨房へ引き返していった。

誰も一言も言葉を発しない。事の成り行きの先を読むことができる者は一人もおらず、二重の意味でエルロイたちは店内の注目を集めまくっていた。

そして少女が興奮したようにパタパタと走って戻ってくると……。

「お待たせしました！　今日のナメクジは、カタルーニャ風香草焼きになりますっ！」

「あるのかよっ！」

注文しておきながら思わず突っ込んでしまったエルロイを、誰が責めることができようか。

「当店のオーナーシェフが、ちょうど今が旬《しゅん》であると申しておりました〜〜」

ぴょこん、とお辞儀をして少女は去っていく。

ええっ？　行っちゃうの？　繋ぎは？　符牒は？　このいたたまれない空気を放置していかないでっ！

エルロイはこの情報を教えたボリスに激しい怒りを覚えて、次に会ったら全力で股間を蹴り上げると誓った。

恥をかかせやがって――ぶっちギるっ！

何をとは言わないが、エルロイが憤懣《ふんまん》していけない想像を巡らせていたそのとき……。

「わはははは っ！　聞いたかよ？　ナメクジなんて食うやつがいるとはな！　小便臭いガキには臭い食べ物がお似合いってかあ？」

ヤザンの追い討ちをかける一言だった。

「……あんな綺麗な娘なのに、どこの出身なのかしら？」

「いくら可愛くてもさすがに引くわあ……」

なまじ見目麗しい少女が、荒くれ者といさかったただけでなく、ナメクジを食べるというシチュエーションはお世辞にも好ましいとは言えない。

「ふふふふふふふふふふふふふふふふふ……」

ただでさえ女性として男の目を引きつけてしまうことにストレスがマッハだったエルロイは、完全に壊れた。

「そういうあんたには、『魔獣殺し』なんて大層な名前は似合わないな。『ナメクジヤザン』とでも改名したらどうだ？　塩を撒《ま》いて遊んであげるぜ？」

まるで歴戦の男戦士のような口調であった。しかし、明らかに言い慣れているその口調にヤザンが気がつくことはなかった。

小娘に馬鹿にされたことで、完全に頭に血が上ってしまったのである。

「吐いた唾は呑み込めねえぞ……！　ガキだから許されると思ったら大間違いだ！　おいっ！

そこで黙ってる姉ちゃんもなんとか言ったらどうだ！」

ヤザンに矛先を向けられたカーチャは、肩をすくめて嗤った。

「淑女の振る舞いではないけれど、こうなった主様は止められないわ」

もちろん落ち着いたらセクハラという名の折檻《せっかん》をするつもり満々であるが、今はエルロイのストレス発散を優先したのだ。

当然、ヤザンも引き下がるわけにはいかなくなった。

「いい度胸だ！　表に出ろ！　世間知らずに世の中の仕組みって奴を教えてやる」

女性二人に馬鹿にされたままでは沽券《こけん》に関わるのである。

しかしその判断はあらゆる意味で間違っていた。

「――大丈夫、殺しはしないよ。ただちょっぴり、死ぬほど苦しい、でも死ねないって気分を味わってもらうだけ」

「舐めるな小娘！」

「とりあえず、陰縛り《かげしば》♪」

「なあっ⁉」

ヤザンは突如身体が全く動かなくなったことに惑乱した。

こんな技を使う人間に、ヤザンは誰ひとりとして会ったことがない。

同時に、ようやく敵に回してはいけない人間に喧嘩を売ったことを理解した。

「おおおお、俺が悪かったあああ！　謝る！　謝るから助けてくれっ！」

むさくるしい顔を脂汗に塗《まみ》れさせてヤザンは哀願した。

こんなところで大けがなどをした日には、故郷で大見栄を切って武闘祭にやってきた面目《めんぼく》が立たなかった。

しかしそんなヤザンの希望もむなしく、エルロイは視線をどこか遠くにやったまま薄く嗤う。

「……取り返しのつかないことってあるよね……どんなに頑張ってもどうしようもないことがさ。そんなときは受け入れるしかないって思うんだ……」

「いやだああ！　受け入れたくない！　ましてや自分の不幸など！」

「俺だって受け入れたくなかったさ！　だが受け入れなければならない！　事実だから！」

いつのまにかエルロイの目尻には涙が溜まっていた。

この身体になってからというもの本当に涙線弱いな、俺は。

「そんなわけで、あんたも受け入れてくれ。まあ、嫌だと言っても受け入れさせるけど」

「そ、それってもしかして八つ当たりじゃあ……」

「運命はいつだって理不尽なものさ」

だから俺が少しくらい八つ当たりしちゃってもいいよね？

「神は死んだあああああああああああっ！」

哀れなヤザンが股間を押さえ、口から泡を吹いて失神すると、見物していた男性は誰もが股間がヒュンと縮み上がるのを我慢することができなかった。

俺は悪くないよね？　悪いのは世の中だよね？


「本当にごめんなさいです～～～！」

さて、結果から言えばボリスの情報は正しかった。

ふん、命拾いしたな、ボリス。

店側からすれば、どう見ても良家の美女と美少女が、国に追われるテロリストと会おうとしているとは思えなかったようだ。

余談ではあるが、出されたナメクジ料理は本物だった。

おそらくは苦心した末の調理法だろうし、味もそこまで悪いわけではなかったのかもしれない……が、口にすることはできなかった。

「悪かったな。レーヴェは女に縁がないわけじゃないが、お前さんみたいなお嬢さんが知り合いとは思えなくてな」

気まずそうに頭を掻いたのは、躍る三日月亭の主人である。

以前は優秀なダイバーとして鳴らしたらしく、レーヴェとはそのときに知り合ったそうだ。

ウェイトレスの少女は主人の娘で、名をファンリーというらしい。やはりまだ十歳になったばかりだとか。

「実はここ数日、連中と渡りが取れていなくてな。まああの連中のことだから心配はしておらんが……こんなちっぽけな食堂にも見張りらしい男がうろついたりしてるしな」

「世知辛いのです～～～」

がっくりとうなだれるファンリーをよしよしと親父が撫でる。

間違いなく親馬鹿だろ。

「それより、お聞きしたいことがあるんですが――」

キラキラしたファンリーに見つめられて、エルロイは不覚にも目がくらんだ。

薄汚れてしまった大人は、時として純真な子どもの視線に耐えられないことがある。

「エルファシア様は、レーヴェ様とどのようなご関係なのですか？」

「ぐはああっ！」

ファンリーがどんな答えを期待しているのかわかるだけに、エルロイは本気で神を呪いたくなった。

「わ、悪いけどファンリーの期待しているような関係じゃないよ」

あくまでも奴は親友、親友だ。男と男の清い仲なのだ。

「それじゃあエルファシア様の片思い？」

「頼むからコイバナから離れてくれ！」

「それじゃあ、う～～んと……もしかして剣聖オイゲン様？　まさかとは思うけど……セイリア様が好きだったりして！」

セイリアの名を聞いて、エルロイの頬に否応なく朱が走る。

ずっと片思いで、デートすらできず、はっきり言って男として意識されたことなど一度もないのだが、確かにセイリアはエルロイの想い人であった。

彼女のどこか世界から取り残されたような孤独の雰囲気と、それでもなお毅然《きぜん》とした美しい華のような佇《たたず》まいに、どうしようもなく惹かれてしまったのはいつからだったか。

冴《さ》え冴《ざ》えとしたセイリアの氷の美貌を思い出して、エルロイは高鳴る動悸《どうき》に全身を硬直させた。

「まさかまさか、その反応は～？」

目を爛々《らんらん》と光らせて、まるで芸能記者のように詰め寄るファンリーの脳天に、父親の鉄拳が振り下ろされた。

ゴガンッ！

「いったあああああ～～～～！」

「お前もいい加減にしなさい」

ファンリーも恋が気になるお年頃なのだろうか。まだ彼女の年齢では早すぎる気がしないでもないが、女の子は早熟だという話もあるし。

「とはいえ、君とレーヴェたちの関係も教えてくれると助かる。符牒を知っていたとはいえ、誰とも知れぬ人間を案内できないからな」

「――私はエルロイ・フェルディナン・ノルガードの義理の妹、エルファシア・フェルディナン・ノルガードです」

「それは……お悔やみ申し上げる」

主人はエルロイに向かって丁重に頭を下げた。

主人の話では、かつてエルロイだった身体は、見せしめとして首を晒されているらしい。

「ありがとうございます。あの義兄のことですから、レーヴェたちを逃がして満足して死んだことでしょう」

それにしても、自分のお悔やみを聞くというのは複雑な気分だな。

「もしや血のつながらない兄妹の禁断の愛が……！」

「お前はなんでも色ごとに結びつけるんじゃない！」

再び落下した鉄槌を食らい、頭を押さえてうずくまるファンリーは、それでも妄想を止めなかった。

「すまん、妻は結婚する前は放浪の劇団員で……台本を任されていたその妻から、こいつは悪い影響を受けてしまったようだ」

ファンリー、俺は君の将来が心配だよ。

「とりあえず向こうと渡りがつくまでは身動きがとれん。しばらくうちに滞在してゆっくりするといい」

「いいんですか？」

「ああ、うちは旅館も兼ねていてね。小さいが温泉もあるのが自慢なんだよ」

温泉と聞いた瞬間、エルロイの瞳がキラリと光った。

実は男であったころからエルロイは温泉に目がなかったのである。

「それじゃあ、私がお背中をお流ししします～」

ファンリーの突然の申し出に、エルロイは危うくずっこけそうになった。

エルロイは、ダイバーとしては数少ない綺麗好きな男だった。

エルファシアに転生してからここまでの旅でも、たとえ料金は高くとも風呂つきの宿に泊まり、常に入浴を欠かさなかった。

しかしただの一度も公衆浴場を利用したことはない。

エルロイにとって見ず知らずの女性とともに入浴するということは、自らのアイデンティティの崩壊のような気がしてならなかったのである。

「ええ、と。自分で洗うから……」

「いいわねえ！　お姉さんと一緒に入りましょう？」

エルロイの言葉に被《かぶ》せるようにして、してやったりと笑うカーチャの顔があった。

咄嗟《とっさ》に逃げようとするエルロイを脇固めで拘束して、カーチャは楽しそうに耳元で囁いた。

「そろそろほかの女性に慣れるいい機会ですわ……」

「いやあああっ！　やめて離して！　お願いっ！」

結局力尽くで脱衣場に連れてこられたエルロイは、なんとかファンリーやカーチャに視線がいかないように注意しつつ服を脱ぎ始めた。

露わになる白磁の肌、潤いと光沢を両立した奇跡のような輝き、そして成長の余地があるのか疑いたくなる膨らみかけの小さな胸。

いつの間にか自分の胸を見ることに、気恥ずかしさを感じなくなってしまった。

今では全身のお手入れだって、興奮することもなく当たり前の流れ作業のようにすることができる。

はあ……とエルロイは深いため息をついた。

カーチャの言う通り、そろそろ他の女性も受け入れていかなければならないのか？

「うわ～～エルファシアさん、妖精みたいですう～～」

眩しいばかりのエルロイの裸体に、目を輝かせるファンリー。その凹凸《おうとつ》のない裸体が、否応なくエルロイの視界に入った。

いけないものを見てしまった背徳感《はいとくかん》に、エルロイは顔を赤らめて俯く。

「ありがとう、それじゃ入りましょうか」

「はいですっ！」

温泉は思っていた以上に本格的なものだった。ごく単純な塩化物泉で、あまり硫黄《いおう》臭くないのもポイントが高い。

「ふう……生き返るぅ」

かけ湯をして湯につかったエルロイは、思わず至福のため息を漏らした。

「親父臭いですわ、主様」

「ふわっ！　カーチャさんの胸が浮いてますよ～！」

プカプカと浮かぶ巨大な脂肪の塊。ファンリーは自らのまっ平らなものと見比べて、がっくりとうなだれた。

こんな小さな少女にも、胸の大きさは深刻な問題であるらしい。

「うらやましいです～～私もこんな胸が欲しいですぅ！」

「あら、ありがと。あなたも素材は悪くないわよ。きっと大きくなるわ」

「そうなのですか～でもでも、エルファシアさんの綺麗さには敵《かな》いません」

「うひゃっ！」

背中からファンリーにペッタリと抱きつかれて、エルロイは妙な悲鳴を上げた。

あるかないかほどの胸の膨らみが、背中に押し当てられているのがはっきりわかる。

「ふふふふふ……こんなスベスベで白いお肌、見たことないのです～」

「あなた、なかなか見込みあるわね」

カーチャも話をややこしくしないでくれ！

エルロイはファンリーが傷つかないよう優しく引きはがすと、彼女に向き直った。

「ファンリー、君はもうすぐ年頃になるんだから、簡単に他人と肌を合わせてはいけない。はしたなくて軽い女と思われたくないだろう？」

軽い拒絶を感じたのか、ファンリーは目に見えて落ち込んだ。

「エルファシアさんも、はしたないと思ったんですかあ……？」

「俺は思ってないけど……あまり女性同士で肌を合わせていると、困った趣味の人と誤解されるから気をつけないと……」

「ひど～～いっ！　私、困った趣味の人なんかじゃないですよ！」

憤然と腰に手を当ててファンリーは立ち上がった。

偶然、ファンリーの下半身が目の前に晒されて、エルロイはまたも顔を真っ赤にして俯いた。

幼女に欲情する趣味はないが、だからといって裸体を見るのが気恥ずかしくないわけではないのだ。

「そうねえ……確かにあまり他人と肌を合わせるのは、褒められた行為ではないわ」

珍しくカーチャが正論を言っている。

エルロイのこととなると暴走しがちな彼女だが、もしかすると他人に対しては割と常識人であるのかもしれない。

「でもね。美を愛でるのは神から与えられた普遍的《ふへんてき》な権利であり、義務でもあるのよ！　はしたないことなどありえないわ！」

「そうですよね！　カーチャお姉さま！」

そんな権利があってたまるか！　あとファンリー、やっぱり俺は君の将来が心配だよ！

「さあ！　心ゆくまで愛でましょう！　美が私たちを待っているわ！」

「はいっ！」

「そんな目をして近づいてこられても困るわっ！」

なんで同性相手に貞操の心配をしなくてはならんのだ！

反射的に魔法を使って脱出を試みようとしたが、カーチャの捕縛魔法の発動がより速かった。

「はあ～～何度見ても滾《たぎ》るわあ……本当、主様の身体はそそられるわあ……」

「あ、エルファシアさん、生えてないんですね！　私と同じですぅ～～」

何この羞恥プレイ？

「お願いだから正気に戻って！」

まるでアンデッドのように、ゆらりゆらりと虚《うつ》ろな瞳で迫ってくるカーチャとファンリー。

涙目になったエルロイは両手で身体の大切な部分を押し隠した。

「だめっ！　そこ触っちゃだめえええええっ！」

「うふふふ……よいではないか！　よいではないか！」

――この後、何があったかについては全力で黙秘しますっ！

†

ワルキア公国の都トゥルゴーから北へ十キロほど行くと、そこには広大なアルバの森が広がっている。

アルバの森のさらに北にはラナート山脈が、ブルームラント王国との自然国境を形成していた。

そしてラナート山脈から東へと流れるカルベリー川は、ワルキア公国とエステトラス連邦との自然国境となる。

ドレス姿のエルロイとメイド服に身を包んだカーチャという場違いな二人は、そのアルバの森を先ほどからずっと彷徨《さまよ》っていた。

レーヴェたちからの渡りが躍る三日月亭に届けられたのは、あれから数日経ってのことだった。

「マルクト商会から発注が届きましたよ。リメイの実を至急一樽《たる》届けてくれ、と」

「それが符牒？」

「ああ、リメイの実はアルバの森に群生地がいくつかある。マルクト商会というのはアルバの森の南を意味しているわけだ」

「――なるほど」

「至急という以上は、何らかの進展があったと見るべきだろうな」

そう聞いては悠長なことは言っていられない。

ただちに出発したまでは良かったが、せっかく地図を描いてもらったにもかかわらず、エルロイたちは小一時間ほど慣れない森で迷子になっていた。

「方角を間違ってラナート山脈に向かっている、なんてのはナシにしてよ主様。あの山脈はもう魔族の領域なんですから」

そのとき、うんざりした表情だったエルロイが目つきを変えた。

「――いや、どうやらいい線を行っていたようだ。リメイの実を一樽持ってきたぞ？　空蝉《うつせみ》のセネカ」

「……随分鼻が利く嬢ちゃんじゃねえか」

小柄ながら全身が筋肉質の青年――隠行《おんぎょう》が得意なエクスプローラーのセネカは、エルロイもよく知る一流のダイバーである。

彼の癖を見知ったエルロイでなければ、気づくことはできなかっただろう。

「見ない顔だ……ここはあんたみたいなお嬢の来るところじゃないぜ」

脅しのつもりでセネカは神速の一歩を踏み出す。

縮地《しゅくち》と呼ばれるこの特殊な移動技術によって、セネカは瞬く間にエルロイの目前へと移動した。

しかし——。

「んなっ？」

「詰めが甘いな、セネカ」

自分の見たものが信じられずセネカは絶句した。

セネカがダッシュした瞬間、目の前の少女はさらにそれを上回る速さで、セネカの背後へと回っていたのである。

空間を圧縮して神速の移動を成し遂げる縮地の上位スキル、閃地《せんち》……セネカの知るかぎり、その技術は世界でただ一人の男しか習得していないはずだった。

「馬鹿な……認めねえぞおれぁ！」

殺されてしまったが、その男はセネカがこの世で唯一自分より速いと認める男である。こんな年端もいかぬ女の子に負けるなど、セネカのプライドが許さなかった。

セネカは思わず左右の手で二刀を操り、エルロイに向かって斬りかかった。

「転《まろばし》」

ふわりと重力が逆転したような浮遊感とともに、セネカは背中から大地に叩きつけられた。

何をされたのか理解することもできない。

天賦《てんぶ》の才のみが為し得る、相手に触れることすらなく投げ落とす幻の秘技『転』――エルロイの得意技である。

「俺の勝ちだな」

その瞬間、セネカの顔に剣を突きつけ勝ち誇るエルロイの頬を、一陣の風がかすめていった。

傍を吹き抜けただけでビリビリと耳が痛くなる衝撃波。

遠当《とおあ》てでこれほどの威力が出せる奴といえば……。

「動くなよ嬢ちゃん、次は当てるぜ」

槍匠レーヴェ――彼が本気で頭部を狙っていれば、今頃エルロイの命はなかっただろう。

そしてその背後にいたのは……。

ドゴオッ！

まるで鉄製のハンマーを思い切り殴りつけたような轟音《ごうおん》とともに、レーヴェの均整のとれた長身が吹っ飛んだ。

「――こんな可愛い娘の顔を狙うとか、傷でもついたら責任とれるの？」

パンパンと埃《ほこり》を払うように手のひらを打ち合わせるセイリアがそこにいた。

なんだろう？　この背筋が凍るような悪寒は？

「セ、セイリア……お前、可愛いもの好きもいい加減にしろよ……」

さすがレーヴェ、自分から飛んで威力を殺していたのか。膝が笑ってるけど、生きていただけで十分すごい。

「少女の可愛さは人類の宝よ！　あなたの命よりずっとずっと大事なのよ！」

「少しは仲間をいたわれよ！」

思わずエルロイはレーヴェに代わって突っ込んでしまった。

「ああっ！　こんな男のことまで心配してくれるなんて……素晴らしいわ。あなたの名前は何と言うの？」

「エルファシア・フェルディナン・ノルガードよ」

その名がセイリアの、レーヴェの耳に達した瞬間、なんとも言えぬ沈黙と寂寥感《せきりょうかん》があたりを漂った。

ここに集《つど》った仲間たちにとって、その名には特別な意味と重みがあるのだった。

「まさかと思うがあんたは……」

「ええ、私はエルロイの義妹《いもうと》よ」

「えええええええええええええええええっ！」

「いや、ちょっと、そんなに驚かれると傷つくんですけど。セイリアまで……」

「だ、だって欠片も似てねえぞ！」

すっと伸びた細い手足。豪奢な金髪は綺麗に結い上げられ、大きな黒地に白のコントラストが綺麗なリボンで飾られていた。

ボサボサの頭をしていることが多かったエルロイとは好一対《こういっつい》である。

そりゃまあ、エノクの身体だからエルロイに似てないのはしょうがないだろう。そもそもの設定だし。

「それに、あいつに妹がいるなんて一言も聞いてねえ！　正直信じられんな」

まるでエルロイのことならなんでも知っていると言わんばかりのレーヴェの台詞に、エルロイは「お前は俺の保護者か何かか？」と突っ込みたい衝動をかろうじて我慢した。

「……しかし先ほど見たのは紛れもなく『転』。あの技がエルロイ殿の得意技であったことは事実ですぞ」

後方から新たに現れ、あご髭《ひげ》をいじりながら頷く男の名をエルロイは知っている。

剣聖オイゲン。二刀流剣術の達人で、剣の技量においてはエルロイでさえも太刀打ちできない。魔法を使って、かろうじてややエルロイ優位というところだった。

朴訥で剣士であることに常に誠実であったオイゲンという人物をよく知るだけに、ラグナスの情報だけで疑うことは心苦しかった。

「むむ……確かにありゃエルロイを見てるような思いだったが――そうだ！　妹なら奴の想い人くらい知ってんだろ？　言ってみな！」

どうだ！　と言わんばかりのレーヴェの態度に、エルロイは目に見えてうろたえた。

「しょ、しょれは……」

(本人が目の前にいるのに言えるか、馬鹿野郎っっ！)

首筋まで真っ赤になって、エルロイはあからさまにセイリアから顔を背《そむ》けた。

「か、可愛すぎるわ……」

その反応を見たセイリアは鼻を押さえて天を仰いだ。

興奮のあまり鼻血が噴き出しそうになっている。レーヴェやオイゲンも頬を染めていた。

「知ってたのか。これは認めないわけにはいかないようだな」

「……うむ」

納得したように頷き合うレーヴェとオイゲン。

涙目で睨みつけるエルロイをあやすように、レーヴェは苦笑を浮かべつつ首を横に振った。

「本人《セイリア》もわかってることだし、エルロイも隠すつもりはなかったんじゃねえか？」

「へっ？」

セイリア……気がついてたの？

エルロイの視線にこっくりとセイリアは頷く。

「いやいや、というか全員知ってただろ。常識的に考えて」

「そうね……何度もデートに誘われたし、誕生日プレゼントも連続でもらったし」

セイリアさん、確か即答でデート断りましたよね！

「俺、エルロイが人形とにらめっこしながら半日過ごしてたのを見たことあるぜ。あれ、セイリアへのプレゼントだろ？」

「げふううっ！」

噴き出すエルロイ。

いい年齢した男が、女性向けの編み物店で半日もウロウロしていたのである。エルロイ自身は気づいていなかったが、注目を浴びまくるのは当然であった。

「ああ、俺なんかポズレーの大神殿でおみくじを引いたエルロイが、遠くを見つめて黄昏《たそがれ》てるのを見たことあるぜ」

今度は、立ち上がったセネカが意地の悪そうな顔で乗ってきた。

「がはあああっ！」

あれは『あなたの運勢、待ち人来《きた》らず。恋愛運、成就する見込みなし』とか出てたから、ショックで記憶が飛んでたんだよっ！

「はっはっはっ！　まだまだ甘いな！　俺なんかエルロイがセイリアの肩に手を回そうとして、タイミングを掴めなくて妙なダンスを踊ってるのを見たことがあるぜ！」

「いっそ殺してええええええっ！」

なんだこの黒歴史暴露《ばくろ》大会は？　というか、男だったときの俺って本当に恥ずかしい奴だったんだな……。

ポンッと優しくカーチャに肩を抱かれ、エルロイは思わずその豊かな胸に顔を埋めた。

やっぱりおっぱいの癒し効果はすごい。

ふふんと得意気に豊かなおっぱいを見せつけるカーチャに、セイリアはまるで親の仇《かたき》でも見るような鋭い視線を向けていたが、胸の中で傷心を癒していたエルロイは幸か不幸かそれを見逃した。

「ああ、悪かったな。別にお前の兄貴の悪口を言うつもりじゃなかったんだが……」

「もう遅いです。兄に代わってあなたたちを恨みます」

ほんの軽口であったのに、途端にレーヴェの顔色がすっと青ざめるのをエルロイは見た。

「……ああ、そうだな。妹のお前が俺を恨むのは正当な権利だ」

――あのとき、どうしてエルロイの言葉を鵜呑《うの》みにしたのだろう。

レーヴェはエルロイを見殺しにして生き延びた日以降、その後悔から解き放たれたことはなかった。

おそらく、あの古代遺物が転送系の魔法式であるというのは事実だったと思う。エルロイはそこまで器用に嘘をつける男ではない。

だがたった一人残った生き証人を、みすみす見過ごすほどサリエルやオルトランド大公がお人好《ひとよ》しでないことなど、少し考えればわかることだ。

エルロイの首が晒されたという報告を聞いた際、レーヴェは仲間たちの反対を振り切って首の奪還に向かおうとした。

しかし「彼の無念を晴らすことを諦めるなら行きなさい」というセイリアの一言で、断腸の思いで自制したのである。

そのレーヴェが、エルロイの妹だという少女の出現に動揺しないはずがなかった。

「俺はお前の兄貴を見殺しにした男だ。弁解はしない。何をされても抵抗する気はない。ただあいつの復讐を遂げるまで、この命だけは勘弁してくれ」

そう言われて初めて、ようやくエルロイは自分の死が親友をどれほど苦しめていたかを知った。

思えば普段は飄々《ひょうひょう》としてふざけている癖に、心根は真面目な友だった。

「――気にするな。死人に義理立てするより、自分がどう生きるか考えろよ」

目の前の少女が発した言葉にレーヴェは耳を疑った。

確かに透き通った少女らしい美声ではあったけれど、まるで亡き親友がそこにいるような錯《さっ》覚《かく》を覚えずにはいられなかったのである。

(そうさ……あいつならそう言うよな)

ダイバーの仲間は数多くいれど、自分が誰よりエルロイという人物を知っているという自負《じふ》がレーヴェにはある。

間違いなくエルロイはレーヴェを責めない。むしろきちんと逃げ延びなかったら烈火のごとく怒るはずであった。

あの日からずっと胸に突き刺さっていた鋭い棘《とげ》が、ようやく抜けたような安堵感がレーヴェを包んだ。

「――今日から私をお姉さんと呼んでもいいわ」

「はあっ？」

なぜかそこでセイリアに抱きつかれて、エルロイは素《す》っ頓狂《とんきょう》な声を上げた。あまりにも意味不明であった。

「おねえちゃまでもいいかも」

「いやいや、セイリアさんは姉じゃないですよね！」

「エルファシアちゃんがその先に進みたいと言うのなら、私にも覚悟があるわ！」

その先っていったいなんのこと……と聞こうとした瞬間、エルロイの背筋に悪寒が走った。

ダンジョンで強力なモンスター、キマイラと遭遇したときにも感じたことのない、魂の底から凍りつくような戦慄《せんりつ》であった。

「――もしかしてセイリア、エルロイに惚れてたのか？　それで妹を家族同然に……」

「ダウト！　それだけはない」

レーヴェの問いを間髪《かんはつ》いれず斬って捨てたセイリアに、わかっていたこととはいえ、エルロイはがっくりとうなだれる。

せめて一秒でもいいから考えて欲しかった。

「エルロイはリーダーとしては申し分のない男。でも恋をする相手ではない。むしろ――」

肉食獣のように獰猛《どうもう》な視線を金髪《エルロイ》の少女に向けるセイリアに、レーヴェは薄々その真意を悟った。

「なんというか……変わった趣味の奴ですまねえ」

「心外だわ。私はエルファシアちゃんともっと仲良くなりたいだけよっ！」

その言葉によこしまなものを感じてしまうのは何故なのでしょうか？

こんなセイリアをエルロイは知らない。

いつもクールで、超然として、それでもどこか寂しげで。

超一流の魔法士でありながら国にも仕官せず、ダイバーとして第一線に身を置き続けるセイリアに恋してもいたが、尊敬もしていた。

なのに背中から自分に抱きついて、首筋に頬をスリスリしてくるセイリアにどう反応していいか、判断がつかない。

「そのくらいにしていただけるかしら。主様はこういうことに慣れていませんから」

「ああっ……！」

腕の中に感じていた少女の温《ぬく》もりをカーチャに奪われ、セイリアは気の抜けた悲鳴を上げた。

セイリアの甘い匂いから解放されたエルロイは、ようやくそこで息をつくことができた。

「……あらためて自己紹介といこうか。知ってるとは思うが、俺がレーヴェ、こいつがセイリア、そしてこの男が剣聖オイゲンだ」

「貴殿の剣技、非常に興味深く見させてもらった。いずれお手合わせを願いたい」

「こちらこそ」

剣聖の名は伊達《だて》ではない。エルロイの知るかぎり、オイゲンに純粋に剣技で勝てそうな者は誰ひとりとしていないのだ。

レーヴェが続ける。

「そこにいる空蝉のセネカのほかに、豪腕ロバートや道化のフリッガ、魅了のアルラウネもいるが、今は外出中でな」

「――ゲルラッハはこっちのことを知っているのか？」

「一応な。ただ、情報は絞《しぼ》らせてもらっている。あいつの周りにもうるさい蠅《はえ》がいないわけじゃねえからな」

現状、ギルドの最大戦力を保有しているのはロイホーデンの支部長ゲルラッハであることは疑いないが、当然裏切り者のマークが集中しているはず。

迂闊に秘密を託せないのは歯がゆいが、当然の措置と言えるだろう。

「今のところ、敵の動きはどうだ？」

レーヴェたちと合流した今、エルロイにとって最大の関心事は、サリエルをはじめとするフリギュア王国の動向である。

驚くべきことにあの後、サリエルはオルトランド大公に殺されもせず、無事にギルド長の座に収まっていた。

それはすなわち、サリエルの上に大公をも掣肘《せいちゅう》できる黒幕がいることにほかならない。

「それが、ギルドにはほとんど動きらしい動きがねえんだ。だが……どういうわけかフリギュア王国自体は明らかに戦争の準備を始めている」

「なるほど、やっぱり……な」

おそらくあのダンジョンでの惨劇は始まりに過ぎない。

魂の転送すら可能なあの技術は圧巻だが、逆に言えば、単体ではなんら意味のない技術でもある。

黒幕の狙いは転送の結果得られる身体――このエノクの予備身体こそを欲していたのではないか？

「噂じゃワルキアに攻めこむんじゃないかって言われてるぜ？」

「――ワルキアに？」

エルロイは予想外のレーヴェの言葉を訝《いぶか》った。

てっきりフリギュアの狙いは、エルロイが転送された先の遺跡だと思っていた。

ギルド弾圧に伴う関係諸国との軋轢《あつれき》。それを許容するには、マーガロックのダンジョンだけでは絶対に割に合わないからだ。

それなのに、遺跡の存在しないワルキアに攻め込むなどということがありうるだろうか？

「……エルファシア様。ひとつお耳に入れたいことがあるのですが、よろしいかしら？」

「ああ」

いつになく真剣なカーチャの口調にエルロイは頷く。

セクハラさえしなければ、カーチャやカリウスは千年以上前から生きる、古代世界の貴重な生き証人である。

その知識は決して無視できない、それどころか宝の山とも言えるだろう。

「ワルキアに遺跡がないというのは嘘です」

「おいおい、マジかよ。ワルキアに遺跡があったら、今頃はダイバーでいっぱいだぜ！」

レーヴェは生まれ故郷のワルキアを知悉《ちしつ》している。

ワルキアは騎士の国と言われるほど尚武の国であり、騎士になれなかった者が第二の人生にダイバーを選ぶことも多い。

ましてダンジョンは経済効果が大きく、各国ともその運営に関心を払わずにはいられないものだ。

当然ワルキア公国でも、ダンジョンの存在は国家経済を左右するものになるはずだった。

「これに関しては、果たしてワルキア公王も知っているかどうか……そもそもワルキアの公都トゥルゴーは、遺跡の封印のため築城されたオノグル城が発展して出来たもの。城そのものが古代の技術を受け継いでいるのです」

「古いとは聞いてたが、まさか遺跡に匹敵するとは考えもしてなかったぜ……」

ワルキアに難攻不落《なんこうふらく》の城オノグルあり。

その卓越《たくえつ》した対魔法技術、そして投石機の弾丸をやすやすと弾き返す城壁は、唄にまで謡われるほど堅固なものであった。

「一見したところはただの城でしかありません。地中深くに封印したというだけで、ダンジョンのような地下構造物ではありませんから」

その裏に含むようなカーチャの言い回しに、エルロイは言い知れぬ嫌な予感を覚えた。

「――何が封印されている？」

フリギュアの狙いがそれだとすれば、亜神エノクにも匹敵するほどの存在であるはず。

「堕神《だしん》ジェイド」

エルロイが想定したなかで最悪の名であった。

神への階梯《かいてい》を上がることを許されながら愛欲を捨てられず堕落した亜神。有史《ゆうし》以来、人間の殻を捨て神へと成り上がった三人のうちの一人。

神になるということは、人間世界を捨てるということと同義である。

同じく亜神となったエノクなどは、神となった後、人間世界に対して一切干渉を行っていない。

しかしジェイドは愛妻家であり、家族を非常に愛する男でもあった。ゆえに神となることを長く拒んできた。

何世代もの家族を見送り、ようやくジェイドが神となるのを決心した途端、国内の政争に巻き込まれたジェイドの一族は謀殺されてしまう。

その結果ジェイドは正常な神ではなく、狂える神となって地上に破壊と殺戮《さつりく》をもたらした。怒り狂うジェイドは一族を虐殺《ぎゃくさつ》した相手どころか、その国に生きる民を一人たりとも残さず滅ぼし尽くしたと伝えられる。

そんな最大級の祟《たた》り神がワルキアの地下に眠っているというのだ。

「――奴らの狙いがジェイドだというのか？」

「マーガロックの転送魔法式であれば、ジェイドの身体にも魂を転送することが可能でしょう。もっとも、本来のジェイドの魂を無力化できるのかどうかは定かではありませんが」

ようやくにして一連の出来事が、明確な繋がりを持った気がした。

正気を疑うほどに無謀で、引き起こされる被害など考えたくもない話である。

「ジェイドの魂を無力化するなんて可能なのか？　カーチャ」

「それがあれば、最初からこんな封印などという手段は必要なかったと思いますが……絶対にない、とも言い切れませんわね」

今は古代ほどに魔法技術が発展していない。

大陸中の英雄が集まったとしても、果たして復活したジェイドを止めることなどできるのだろうか。ジェイドの身体を乗っ取った何者かの野望を打ち砕くことなど。

「――要するに、フリギュアの連中を返り討ちにすればいいんだろう?」

話をぶったぎったのは、やはりレーヴェであった。

なるほど、彼らの野望が成就《じょうじゅ》するためにはワルキアの占領が必要不可欠である。それを撃退できれば話は終わりだ。

こうした思い切りのよい割り切りこそが、レーヴェの真骨頂《しんこっちょう》である。

全く、この男といると事の深刻さを忘れそうになるな。

――ところで。

せっかくシリアスに盛り上がっているところ非常に決まりが悪いのだが、エルロイは下腹部の圧迫感に顔色を青くしていた。

ぶっちゃけて言うと、おしっこに行きたい。

エルロイが女性の身体になって日常生活でもっとも違和感があったのが、この排泄感《はいせつかん》の違いである。

男と勝手が違うせいか、とにかく我慢するのがつらい。

まして衣装の着脱が複雑であったりすると、気分は時限爆弾の解体作業である。

だったら早く花を摘みに行けばよいのだが、男性であったころのように、「ちょっと小便行ってくる」とは言えなかった。

（やばい……もうそろそろ……詰む）

「話が長くなりそうだし、少し席を外してもいいかしら？」

セイリアが、相変わらず抑揚のないクールな声を出したのはそのときだった。

「エルファシアちゃんも行く……でしょ？」

首振り人形のようにブンブンと勢いよく頷いてエルロイは立ち上がった。

助かった。セイリアは俺がそろそろ限界だって気がついてたらしい。なんて優しいんだろう。

「なんだ、トイレか」

いそいそと森の陰へ用を足しに向かおうとしたエルロイの背後で、レーヴェがあっけらかんと呟いた。

何の意図もないはずの一言なのに、エルロイは己の恥ずかしい秘密を知られてしまったような気がして首筋まで赤く染まった。

「大地の礫《アースビット》！」

「げぼはあああああああっ！」

セイリアが小さな砂礫《されき》をレーヴェの股間めがけて打ち放つと、男のもっとも大事な部分を直撃されたレーヴェはのたうちまわって悶絶した。

エルロイもどん引きするほど背筋の凍る光景であった。

「――デリカシーのない男は死ね」

木陰まで来たエルロイは、後ろに人がいないのを確認して、我慢していたものを解き放つ感覚に浸った。

「ふう……しゅっきりしゅっきり」

言語が幼児化しているのは、排泄する姿勢のせいかもしれない。

古布で後始末をしたエルロイは、下ろしていた面積の少ない下着を穿《は》き直した。

「エルファシアちゃあん……」

「ひゃい⁉」

突然聞こえた地の底から響くようなセイリアの声に、思わずエルロイは悲鳴を上げる。

本当に彼女は自分が惚れた、あのクールビューティなセイリアなのだろうか。

セイリアの手にはお洒落な色の紙が握られている。

エルロイは本能的に、自分がのっぴきならない危機に晒されていることを察した。

「ど、どうしてにじり寄ってくるんですか、セイリアさん」

手を閉じたり開いたりしているあたりが、とても卑猥《ひわい》で身の危険を感じるんですが。

「ふふふ……これ、香紙って言ってね」

ふわりと蘭《らん》の香りがエルロイの鼻をくすぐった。

実に高価そうな上品な香りであるが、今問題なのはそんなことではない。

セイリアがそれを手に近づいてくるという事実が意味するものは何か？

「ま、まさか拭く気ですか？」

「女同士なんだし、遠慮しなくていいわ！」

いや、そこは遠慮しましょうよ！

「見て、これは四つに折ってから開くと香りが引き立つのよ？」

「わかりました、あとは自分でしますからっ！」

そうしないと確実に、男としてのアイデンティティを打ち砕かれてしまうというか！

「駄目よ、お姉さんに任せて。エルファシアちゃんは顔に似合わず大雑把そうだから……」

鼻息も荒くセイリアはエルロイの腰に手を回し、その小さな身体を抱き寄せた。

「ひやあぁん！、だめっ！　下着下ろさないで！　拭いちゃいやあああっ！」

しっかり拭かれてしまいました。

「――ごちそうさま」

もう……もうこんなことされて、俺、穢《けが》された！

フラフラと乱れる足取りで森から出ると、レーヴェが不審そうに声をかけてきた。

「どうした？　やけに背中が煤《すす》けてないか？」

「頼むから、放っておいて！」

再び話題はフリギュア王国の動向に戻る。

「おそらくもうほとんど時間がないと思う。国境の偵察をする部隊とワルキア公王に話を通す人間が必要だな」

レーヴェがエルロイの言葉を肯定するように頷いた。

「確かに、もし連中がワルキアに攻め込むなら、この武闘祭の期間を見逃すはずがねえ」

大陸中から集まる傭兵崩れといった無法者のなかには、フリギュアが送りこんだ間者《かんじゃ》が多数含まれているだろう。

公都の治安維持に兵力を割かなければならないため、国境警備が手薄となることも大きい。

「……でも、その前にひとつだけ確認したいことがある」

エルロイは心を鬼にしてオイゲンに視線を向けた。

これから先オイゲンを信じるためにも、今確かめておかなければならない。

「ふむ、それがしを疑っておいでか」

「できれば信じたい……と思ってるよ」

エルロイとオイゲンは旧知の仲間である。

その腕前を知るエルロイとしては、信じたいのはやまやまだが、到底疑惑を放置しておくわけにはいかなかった。

サリエルという、裏切った仲間がいる現状ではなおのことである。

「ここまでの道すがら情報を集めたが、腕利きの剣士の裏切り者がいるらしい。それが誰なのかわからないが、オイゲンがそうでないという確証が欲しいんだ」

「しかしどうやって、それがしの潔白《けっぱく》を立証したらよいものか」

「それは簡単だ。俺と剣を合わせてくれるだけでいい」

先ほどからカーチャの目がお仕置きモードに入っているのが怖すぎるが、仲間の前で猫を被るのは恥ずかしい。

まるでそこに本物のエルロイがいるような錯覚に襲われたのか、オイゲンとレーヴェは目を瞬《またた》かせた。

「オイゲンの実力を知って言っているのか？」

「信じてはもらえないと思うけど、十分に知っている。だから剣を合わせればわかる」

剣を知る者は剣を操る人を知る。戦術、戦意、そして負い目や隠しごとまで、剣はその裏側を曝《さら》け出すのである。

オイゲンがもし裏切っていなければ、彼の美しく理にかなった精密機械のような剣は、いささかの曇りもなくエルロイを圧倒するだろう。

「むしろ望むところ！」

オイゲン自身も、セネカとの戦いを見ていたときから戦闘欲にそそられていた。

オイゲンの見るところ、エルファシアの武は神速エルロイに匹敵するか、凌駕《りょうが》する可能性すらある。

武の頂点を目指し、どこまでも貪欲《どんよく》に修業を欲するオイゲンにとって、眼前の少女は得難《えがた》い相手であった。

盛り上がる二人に、もはや何を言っても野暮だと判断したレーヴェは、苦笑しながら両者の戦いを認めた。

「勝手にしやがれ。場合によっては俺の判断で止めるが文句は言うな」

エルロイとオイゲンが向かい合う。

「それじゃいざ尋常《じんじょう》に……」

「勝負と参ろう！」

先手を取ったのはエルロイであった。

少女に身を変えたとはいえ、神速エルロイの名は伊達ではない。

目にも留まらぬ素早さでオイゲンの間合いに無造作に飛び込む。

武芸者にとって間合いとは、互いの死命を決する重要な要素である。そして速さによって間合いを制するエルロイの技術は、名人芸と謳《うた》われていた。

（これは……まさにエルロイ殿を見ているようだ！）

かつて幾度か手合わせをしたことのあるエルロイの踏み込みと同じ感覚に、オイゲンは瞠目《どうもく》した。

下から掬《すく》い上げるようなエルロイの斬撃を、身体をひねってかろうじて躱《かわ》す。

（いかんっ！）

しかし、懐に飛び込んだこの斬撃は実は誘いであり、ひねったオイゲンの身体が、見えない手にさらわれるようにふわりと宙に浮く。

大陸に広く普及したプシュケー流剣術、幻の奥義『転』――体崩しと気を発することによる誘導、そして超人的な体術が為し得る徒手武術のひとつの到達点である。

とはいえオイゲンがこの技を食らったのはこれが初めてではない。すなわち、オイゲンはすでにこうなることをあらかじめ想定していた。

「シュバルツ双刀流、浮き独楽《ごま》」

空中に投げ出された力を円運動に変換し、独楽のように回りながら、オイゲンはエルロイに向かって斬撃を放つ。

まともに食らえば真っ二つ、峰打ちでも脳天を割られることは確実な一撃を、エルロイはオイゲンと同様に回転することで避けた。

流れのままに逆らわず、まさに流水のごとき回避と言える。

あまりの高度な技の応酬に、レーヴェもセイリアもセネカも、目を見開いて驚愕していた。

(――似ている、いや似すぎている。双子でもここまで同じ剣を扱うことなどできるはずがない！)

エルロイがオイゲンの剣を測ろうとしたように、オイゲンもまた、エルロイの剣を測っていた。

すでにエルロイはオイゲンに対する疑いを解いている。

これほどにまっすぐな、純度を極限まで高めた鋼《はがね》のような剣を使う男が、裏で仲間を裏切ることなどあるはずがなかった。

(さすがは剣聖、俺の疑いが下種《げす》のかんぐりだった)

しかし一度火のついた闘志が、エルロイに戦いを止めることを許さない。こうして全力を尽くして戦える相手は、大陸中を探しても数えるほどしかいないのだ。

とはいえ、このまま魔法を使わなければ、おそらくエルロイは力負けを余儀《よぎ》なくされるだろう。

(それもいい。この身体の実力を試すにはいい機会だ)

このエルファシアの身体がギリギリの戦いでどれだけの力を発揮できるのか、エルロイはまだ知らない。

そうした意味でも、オイゲンは得難い対戦相手なのであった。

「まずはお見事！」

そう言ってオイゲンは二本目の剣を抜いた。

シュバルツ双刀流は、膂力よりも技量を重視した二刀流が本来のスタイルである。

ついにオイゲンが本気になったことを知って、エルロイは獰猛に犬歯を剥き出しに嗤《わら》った。

（もう一度見れるか、あのシュバルツの『舞六花《まいろっか》』！）

シュバルツ双刀流の奥義には花吹雪のように華麗な死の連撃がある。

その速さと計算されつくした連携は、神速エルロイといえど躱しきれるものではなかった。

以前の手合わせでは、エルロイは止むなく自爆覚悟の近距離魔法の炸裂で逃げ切った。

「さて、この技受けきれるか？」

「やってみろ！」

オイゲンの腕がまるで柳《やなぎ》のようにしなったかと思うと、左右から同時に斬撃の嵐が襲いかかってきた。

片手で振るう剣は一般的に力が弱く骨は断てないと言われるが、オイゲンの攻撃はそのひとつひとつが両手持ちでの渾身の一撃に匹敵する。

速さと技量と破壊力とを兼ね備えるからこそ、剣聖の二つ名を与えられたのだ。

だが、エノクの予備身体はエルロイであったころの身体能力を遥かに上回る。

そしてエルロイはこの舞六花を一度とはいえ、確かに見ていた。

一流の武人にとって経験が与えるアドバンテージは非常に大きい。ゆえにこそ初見殺しの技は数多いのである。

ほとんど光の筋に近い無数の斬撃を、エルロイは冷静に見切り、鮮やかな身のこなしで躱していく。

花が全て散ったあとには、無防備の大木があるのみ。

体勢を崩したオイゲンのうなじに剣を突きつけ、エルロイは会心の笑みを浮かべた。

「――俺の勝ちだ」

勝ち誇るでもなく、ただ武を燃やしつくした満足感に満ち、やや頬を紅潮させたエルロイの笑みは、その美貌と相まって見ている者の胸を騒がせずにはおかなかった。

しかしただ一人、オイゲンだけは難しい表情を崩さずに一言。

「またそれがしの負けですな。エルロイ殿」

その言葉があまりに自然なものだったために、エルロイはうまく反応できなかった。

「にゃ、にゃにを言ってるのかしりゃっ？」

噛《か》み噛みである。正直、疑ってくれと言わんばかりの不審さであった。

「いったいどういうことだ？」

レーヴェの問いに、オイゲンはいささかもたじろかず胸を張った。

「理由はわからぬが、エルファシア殿はエルロイ殿の義妹などではなく、エルロイ殿本人ということでござる」

「こ、この私のどこがエルロイ義兄《にい》さんだと言うの？」

乾いた笑みを浮かべ、虚勢を張るようにエルロイは口笛を吹くが、まさにその癖こそがエルロイのものであることを失念していた。

エルロイを見るレーヴェとセイリアの目が変わり始める。

「舞六花を躱したのは実にお見事。確かエルロイ殿はあれをすでに一度見ておられましたな」

「いいい、いや、見るのは初めて……です」

「ではなぜ、最後の剣だけ避けきれなかったのですかな？」

そう言ってオイゲンはエルロイの肩口を指差した。

そこには隠そうにも隠しきれない服の切れ目と、血のにじんだ擦過《さっか》の跡が残されていた。

「すでに舞六花を知っていたエルロイ殿は、最近それがしが改良を加えた最後の一撃だけを避けきれずに唯一の傷を負った。そうではありませんかな？」

エルロイは言葉もなかった。最後の瞬間、見た覚えのない斬撃を完全に避けることができなかったのは事実だったからだ。

何か反論しなくてはならない。しかし適切な言いわけが何も思いつかない。

エルロイが沈黙を破るより先に行動を起こしたのはレーヴェだった。

「生きてやがったんならそうと言いやがれっ！　馬鹿野郎が！」

いつの間にか男泣きしているレーヴェに、さすがのエルロイも決まりが悪くなる。

そもそも信じてもらえないだろうからエルファシアを名乗っただけで、自分がエルロイだと信じてもらえるなら、なんの不都合もないのだ。

抵抗することもできずレーヴェの広い胸に抱きしめられると、エルロイはあらためて自分の身体が小さな女性のそれになったことを実感した。

思えばレーヴェには昔からよく抱きつかれたものだが、あのころとは似ても似つかない感覚である。

「ほ、本当に信じるのか？　俺がエルロイだって……」

「オイゲンに勝てるほどの腕があって、嘘をつくときに口笛を吹くのなんてお前ぐらいだよ！　だいたい俺がお前の構えを見間違うか！」

エルロイの構えは速度に特化しているため、本来のプシュケー流剣術を少し逸脱《いつだつ》している。

レーヴェは今の戦闘を見て、最初は兄に習ったから似ているのだろうくらいに思っていた。

しかし、速度に特化するということは身体にかかる負担も尋常ではない。体格の違う少女の身体では、全く同じ型になるはずがないのだ。

それにエルロイと同じく、踊るように地面をこつこつと蹴っていた。強者と戦うときの癖だ。どんな手段を使ったかはわからないが、エルロイがエルファシアに姿を変えたというのは十分納得できる話であった。

レーヴェは込み上げる激しい感情に身を任せて、エルロイの華奢な身体を掻き抱く。

感触は全く違うが確かにエルロイだ。エルロイを抱きしめたときと同じ安心感、そして痛くなるような胸の高鳴り。

今までずっと名前のつけられなかった感情を、レーヴェは初めて自覚した。

「男《エルロイ》のころから愛してましたああああああっ！」

「俺の感動を返せ！　馬鹿野郎！」

何の冗談だそれは⁉　たとえお前がロリでもかまわないが、どうして男のころからなんて台詞が出る？

「おかしいとは思ってたんだ！　エルロイの傍にいるとやたら身体を触りたくなるし、長い間離れていると気力がなくなってくるし、エルロイとセイリアを見ていると胸がもやもやするし！」

「お前は思春期のお子様か！」

スキンシップの多い奴だとは思っていたが、純粋な男同士の友情だと信じていた俺の純情を返せ！

「こうして女性になったお前にになら、誰に憚《はばか》ることもなく言える！　俺は、お前に会うために生まれ……うぎゃああああっ！」

「変態《ロリコン》死すべし、慈悲はない」

エルロイに抱きついていたレーヴェがセイリアの杖で思いきり殴られ、身体をくの字に折り曲げて飛んでいく。

そしてセイリアはレーヴェの手を離れたエルロイを、胸に押しつけるようにして抱きしめた。

「私のこと、今でも好きでいてくれた?」

初めて聞くセイリアの甘く濡れたような声に、エルロイはビクリと身体を震わせた。

同時に、なぜだかこうしてセイリアに抱きしめられていることに、激しく身の危険を感じたのである。

「そそそそ、その、なんというか……こんなんに《ロリ》なっちまったけど、今でも気持ちは否定できないというか……」

頭の芯《しん》がピンク色の何かで痺《しび》れて、耳が痛いほどに血流が激しくなるのがわかった。

いったい今の自分は、どれだけ顔を赤く染めていることだろうか。

「うれしいわ……私もこんなに女性《ロリ》を好きになったのは初めてよ」

今、非常にいやなルビが振られていた気がするのは気のせいか?

「なんて綺麗な金髪……小さい頭も耳の形も適度に成長過程なボディラインも最高! ああ、こんな理想のタイプに巡り合えるなんて」

「ひゃううっ! セイリア! くすぐったいから髪を撫でるの止めて!」

どうして女性の身体はこんな無駄に敏感なのだろう。

「ほう、セイリア殿は同性愛の方でしたか」

うむうむと納得したように頷くオイゲンの言葉が、ようやくエルロイの頭のなかで形となって結合した。

「誰が誰と同性愛で……！　いや、それに俺は男だし！」

「そう、だから何も問題はない」

「そう、だから何も――って、ちょっと待って！　セイリアってレズの人？」

「エルロイは男なのでしょう？」

「う、うん」

「だから私と恋愛関係になるのはとても自然なこと」

そうか？　そうなのか？　ピンク色に染まり始めた脳でエルロイは流されるままに納得するところであった。しかし。

「そんなわけあるかあああああああっ！」

「生きてたの？　変態」

セイリアの視線の先には、頭頂部から血を噴き出しながら幽鬼《ゆうき》のように立ち尽くすレーヴェの姿があった。

「客観的事実を見るに、エルロイが女性であることは確定的に明らか！　ならばその恋愛対象が男になるのは自然の摂理《せつり》！　すなわち！　エルロイの恋人になるのはこの俺だあああああ！」

エルロイは即座に首を左右に振る。

「い、いい友達でいような?」

「神は死んだああああああああああああ!」

いや、同性の親友にいきなり恋人になってくれと言われても、それ以外に返しようがないだろう。常識的に考えて。

「うふふ……あなたはそこで私とエルファシアちゃんが結ばれるのを、指をくわえて見ているといいわ!」

「あの……俺はあくまでもエルロイなので、エルファシアとして愛されるのは正直遠慮したいんだが……」

「なぜ!?」

どうしてそんなことを言うの? という非難の目でセイリアが絶句する。

おかしいだろ、この流れ。

「──なんというか、その……ご愁傷様《しゅうしょうさま》でござる」

朴念仁《ぼくねんじん》を自認するオイゲンも、今のエルロイには同情を禁じ得なかった。

生温かいオイゲンの同情に感謝しつつ、横で全力戦闘を始めたレーヴェとセイリアに向かってエルロイはとうとうキレた。

「てめえら、俺を勝手に女扱いするなああああああ!」

「うおぅっ! これがエルロイの愛の鞭《むち》!」

「いつか分かってくれると信じてるわエルちゃんっ！」

エルロイの奥義『転』がレーヴェとセイリアを空高く吹き飛ばした。そのとき。

トンッ。

軽く肩を叩かれる音に、ゾワリとエルロイの白い肌に鳥肌が立つ。

「――ちょっとお話し合いをしましょうか、エルファシア様」

にこやかな表情であるはずなのに、眼だけが軽くイっているカーチャを見た瞬間、エルロイは逃亡を決意した。

「逃がしません」

「お、俺の縮地が通じないっ!?」

「ふふふ……亜神エノクの使い魔の目をごまかすことなど不可能と知りなさい！」

そしてカーチャは有無を言わせぬ圧倒的な迫力を発散させたまま、セイリアたちに向かって優雅に一礼した。

「ちょっとエルファシア様をちょうきょ……指導してまいりますので、しばらくここでお待ちください」

「今絶対に調教って言おうとしたよね？　た、助けて！　レーヴェ！　セイリア！」

「お二人とも、エルファシア様がもっと女性の自覚を持ったほうがうれしいですわよね？」

無情にも、素直に頷く二人。それもそのはず、二人の恋が成就するためには、エルロイが女

になってくれなくてはならないからだ。

「この裏切り者おおおおおおおおっ！」

「さあさあ、今日からは言葉じゃなくて身体に教えてさしあげますからね」

「いやああああああああああああああっ！」

†

翌日、新たにやってきた仲間たちは、狐につままれた表情でエルロイを凝視していた。

「気持ちはわかるけど……そんなに見られると……つらい」

「ご、ごめんね！　悪気はないのよ。まさかあのエルロイがこんな可愛いお嬢ちゃんになっちゃうなんて思わなかったから……」

なだめるつもりなのか、反射的にエルロイの煌めく金髪を撫でてしまった女性は魅了のアルラウネである。

その二つ名の通り、色気と変装術を駆使した情報収集工作を得意としているが、暗器を利用した奇襲戦において右に出る者のいない猛者《もさ》でもあった。

大陸でも珍しい銀髪で、コバルトブルーの深く蒼い瞳が特徴の美女である。

「何度見ても信じられん。いや、こんな馬鹿な嘘をつくはずがないのはわかっているが」

ゴシゴシと本気で目を擦っているのは豪腕ロバート。

身長二メートルを超す巨漢で、丸太のように太い腕から繰り出される戦斧《せんぷ》の一撃は、フルプレートであろうと盾であろうとおかまいなしに叩き潰す。

その豪快な見かけから、戦場の鬼神として各国から軍に招聘《しょうへい》の誘いが多いが、同時に良識家で気の良い男であった。

「――ところで、どうしてセイリアとレーヴェがひっついてるのか聞いていいか？」

お互いに火花を散らしながら、エルロイを左右から挟むようにして、セイリアとレーヴェが陣取っていた。

どうやらお互いに退くつもりはないらしい。

「――聞かないでくれ、頼むから」

げっそりとした様子でエルロイが答える。

「なんだいなんだい、あんなに私がアプローチしたのにロリのほうがいいなんて」

「お前は男の娘だろうがっ！」

道化のフリッガの無駄に色気のある台詞に、レーヴェは激昂して叫ぶ。

この男、誰がどう見ても花も恥じらう乙女にしか見えないが、しっかりとついてるものはついている男の娘で、レーヴェのような若く強い男が大好きなのである。

レーヴェほどではないが、エルロイも幾度かモーションをかけられたことがあった。

もともと恋多き男だが、なんと各国に愛人がいて情報収集に一役買っているという、ギルドにとっては得難い人材なのである。

「それにしても可愛くなっちゃったよねえ……私もノーマルに戻っちゃおうかな？」

「好意を抱くのは自由ですが、この私の目の黒いうちは不埒な真似はさせませんぞ！」

昨晩のうちにカーチャから変化《へんげ》したカリウスがフリッガの前に立ちはだかる。

どうやらエルロイを愛でることに全精力を注ぐカーチャとは違い、カリウスは父性的な独占欲を抱いている気配が感じられた。

身体能力にかけてはさすが神の使い魔、レーヴェやエルロイすら凌ぐカリウスは、障害というにはあまりに巨大な壁であった。

「こほん。ところでフリギュアの動きだが……どうなんだ？　アルラウネ」

エルロイは強引に話題を変えた。これ以上茶化されるのは、もう我慢ならない。

「そりゃもう、嬉々として兵を進めてるわよ。しかも先鋒《せんぽう》を率いてるのはサリエルで」

「サリエルは軍に関しちゃ素人だぞ？　大丈夫なのか、それ」

レーヴェはもっともな疑問に首をかしげた。

サリエルは本質的には研究者である。間違っても戦場で勇を鼓舞《こぶ》する指揮官の才能はない。

エルロイは軽く笑う。

「サリエルでも勝てると思ってるんだろうな。またレーヴェやセイリアを取り逃すような失態を繰り返すかもしれんのに」

「ワルキアはそこまで甘くねえぜ？」

「もちろんその通りだ。だから本命は別にいると考えたほうがいいだろうな」

おそらくサリエルが指揮を執っているのは、遺跡を占領したときの保存と研究に、すぐにとりかかるため。

「これは勘だが、裏切りの剣士ってのが本命じゃないかと思うんだ」

生死の狭間を生き抜いた歴戦の戦士《エルロイ》の勘が、決して馬鹿にはできぬことをその場の誰もが承知していた。

ロバートは不本意そうに鼻を鳴らす。

「それじゃどうする？　公都に行くのか？」

本命の正体がわからない以上、その調査は必要だ。

「そうなんだが、私の考えが正しければそっちは私一人で事足りる。それより、サリエルを放置するのは気分がよくない。そうじゃないか？」

「――私？」

レーヴェが耳ざとく、エルロイの一人称の変化に気づいた。

そこは流して欲しかった、と頬を赤く染めたエルロイは、恥ずかしそうに言いわけをする。

「エルロイが実は生きていると敵に察知されることは避けたい。それに仲間でもなければ、私がエルロイだなんて信じるはずがないからな」

本当はカーチャのお仕置きが心底こたえたからなのだが、それは言わぬが花。意識しないとすぐに元に戻りそうではあるが。

「そうね。私たちもエルファシアちゃんと呼ぶのに慣れておくべきではないかしら？」

ここぞとばかりに、うれしそうに満面の笑みでセイリアが続けた。

「せ、せめてエルでお願いします……」

「うふふ……これからもよろしくね、エルちゃん！」

気まずそうに咳払いをして、ロバートはピンク色の空気を醸し出すセイリアから目を逸らした。

「サリエルの兵は何人なんだ？　アルラウネ」

「二千人と少しってとこね。先鋒としては妥当なところじゃないかしら？」

「鉄人ギョームが援軍を連れてくることにはなっちゃいるが、味方はどう多く見積もっても百人かそこらだぞ？」

「――だったら、このまま指をくわえて見てるのか？」

挑発的なエルロイの言葉に、にんまりとロバートは嗤った。

この不倒不屈《ふとうふくつ》の闘志こそがエルロイ・フェルディナン・ノルガード、ダイバーギルドの長であり、ダイバーの歴史を変えた男の本質である。

「そうさな。指をくわえて傍観《ぼうかん》するなんざまっぴら御免だ」

エルファシアの可憐な容姿にどうしても戸惑っていたロバートは、今こそ目の前の少女がエルロイに他ならないことを確信した。

「それじゃエルはどうするんだよ……」

「ああ、そのことで頼みがあるんだけど……」

十代も前半にしか見えない幼ささえ感じさせる容貌ながら、獰猛な笑みを浮かべたエルロイは、ある種の妖艶さを放っていた。

思わず息を呑んで見惚れるレーヴェに、エルロイは非情にも無理難題をふっかけた。

「――公王様に女の護衛はいりませんか？　と伝えてもらえるかな？」

†

サリエルは二千余の軍団を率いて得意満面の笑みを浮かべていた。

エルロイの物の価値のわからぬ蛮行《ばんこう》で一時は失いかけたエノクの遺物だが、かろうじて残された魔道具から、魂を転送する古代魔法の存在を類推をすることは可能であった。

それがわかる自分は、やはり選ばれた人間なのだ！

それにしても……とサリエルは忌々《いまいま》しそうに左手を見た。

精巧に作られてはいるが、魔法で動く魔導義手であるのは一目瞭然《いちもくりょうぜん》であった。

エルロイを殺したあと、遺物を失ったと誤解し激昂した大公に斬り飛ばされたのだ。

あのお方が間に合わなければそのまま殺されていただろう。

これだから低能な馬鹿どもは度し難いのだ。

「あとはエノクの器さえ手に入れば……！」

人類永久の夢、不老不死であるばかりでなく、神の力すら手に入れることが可能となる。

まさにその夢は、手を伸ばせばすぐ届くところまで来ようとしていた。

「――残念だが、お前は何も手に入れられねえよ」

サリエルにとって聞きなれた、張りのあるテナーヴォイスが頭上から降ってきた。

「ずいぶんと楽しそうじゃねえか、サリエル」

「貴様……！　レーヴェ・ブロンベルグ！　のこのこと現れおって！」

サリエルを庇うかのように数人の騎士がサリエルの前に壁を作る。

いかにレーヴェが槍匠の二つ名を持つ達人であったとしても、二千の軍勢を前にしては蟷螂《とうろう》の斧に等しい。

サリエルは気を取り直してレーヴェを嘲笑した。

「そんなところにいないでこちらへ来たらどうだ？　エルロイを見殺しにしたときのように、尻尾を巻いて逃げても構わんが」

レーヴェを挑発するという目論見は完全に成功したが、サリエル自身の身の安全という面では、間接的な自殺に等しい暴言であった。

「――語るに及ばず」

陽気でどちらかといえば饒舌《じょうぜつ》なレーヴェが、語ることを拒否するほど赫怒《かくど》した。

それほどサリエルの言葉はレーヴェの心の奥深い部分をえぐっていた。要するに、虎の尾を踏んだのである。

「氷雪の嵐《アイスストーム》！」

セイリアの範囲魔法を合図に、左右に伏せていたダイバーの戦士たちが立ち上がった。

しかしさすがはフリギュアから先鋒を任された軍である。

「盾五列！」

速やかに巨大な盾を前面に掲げた騎士が防御陣形を組み、サリエルを盾の向こうへと覆い隠す。

さらに魔法士たちが騎士に守られながら対人攻撃魔法を詠唱し始めた。

こうなると、まともな敵であればほとんど為すすべなく一方的に虐殺されるだけであろうが、今度ばかりは相手が悪かった。

「わっはっはっ！　亀のように盾に隠れても無駄、無駄、無駄ぁ！」

「剛力無双、鉄人ギョームここに見参！」

明らかに異様なサイズの巨大な戦斧を軽々と振り回す豪腕ロバートと、鋼鉄の戦槌《せんつい》を頭上に高々と掲げた鉄人ギョームが吶喊《とっかん》したのはそのときだった。

重装騎士の盾は、場合によっては騎兵の突撃すら食い止める最強の防御力とされる。

その最強の盾が、柔らかな卵を割るがごとく粉砕されたのである。

「ぬるいっ！　ぬるいわぁ！」

たとえどんな名剣や名槍をも通さぬ鉄壁の盾でも、衝撃までは逃せない。

ひとたびギョームの戦槌が打ち込まれると、盾が後ろにいる騎士の身体にまで食い込み、盛大な血をまき散らした。

一方、ロバートの戦斧は陣形を組んだ騎士たちを、まるで刈り取られる稲穂《いなほ》のように、盾ごと左右になぎ倒していった。

ギョームとロバートの生み出した間隙《かんげき》を、空蝉のセネカと剣聖オイゲンが飛び込んで、さらに押し広げていく。

とどめはレーヴェの遠当てであった。

「食いつくせ！　魔槍パトリオット！」

蒼い魔力を纏った砲撃にも等しいレーヴェの一撃は、騎士の後ろに隠れて詠唱していた魔法士の一隊に大きな穴を穿った。

動揺する魔法士に向かって、錬金術師《れんきんじゅつし》でもあるフリッガが催涙《さいるい》効果のある手投げ弾を放り込んだ。

フリギュアの騎士たちも決して弱いわけではないが、遭遇戦に等しい不正規戦闘状況では相手との相性が悪すぎた。

そもそもワルキアは国を挙げての武闘祭の最中で、国境付近でこれほど強力な攻撃を受けるなど想定していなかったのだ。

こんなとき部隊を立て直すリーダーシップが正しく発揮されれば、まだまだフリギュア軍の優位は動かなかったであろう。

しかし哀しいかな軍団指揮官のサリエルは戦闘の素人であり、自らと同じ魔法士を偏愛《へんあい》する傾向にある。

騎士の守りに穴が空き、魔法士部隊が崩壊の危機に陥ると、咄嗟にその防護を命じた。

「何としても通すな！　魔法士が壊滅すればこの先に障《さわ》るぞ！」

サリエルにとって、ワルキアに眠る古代遺跡を暴くのに、勝って知ったる魔法士の仲間は得難い人材である。

「野郎ども！　俺に続けえええええええええっ！」

二度目の魔槍を放ったレーヴェが百人余のダイバーを率い、先頭を切って突進した。

「天雷雨《サンダーレイン》！」

タイミングよく放たれたセイリアによる魔法援護のもと、怒れるレーヴェは立ち塞がる全ての騎士を、ただの一合も槍を打ち合わせず打倒した。圧倒的な技量の差があった。

重装騎士の盾を失い、白兵戦闘となった今、レーヴェに比肩《ひけん》する騎士は誰ひとりとしていなかったのである。

「ふ、防げ！　これほどの頭数がいて何をしているのだ！」

フリギュア軍にとって不幸なことに、数の利を生かせるほど戦闘正面が広くないことも災いしていた。味方がせいぜい数十人ほどしか横に並べない地形では、数の優位を発揮することは難しい。

「な、なんだ？　まさか後ろから敵が？」

必死にダイバーたちを押し戻そうとするフリギュア軍の後方で、数人の騎士が首を掻き切られて絶命した。

「ふふふ……油断大敵よ！」

暗殺などの奇襲に特化したアルラウネは気配を遮断し、すでに奥深くにまで侵入していた。

最前線ではない後方で、突如発生した謎の死に騎士たちは動揺を隠せない。彼らのマニュアルにこんな事態はなかった。

「退け！　退け！　退いて一旦態勢を立て直すぞ！」

およそ二キロほど下がれば、ある程度軍を展開できる開けた場所がある。

一見圧倒的に優勢に見えるダイバーたちであるが、それはあくまでも局所的なもので、フリギュア軍の大半は温存されていた。

退却して有利な戦場に引きずり込むのは策としては有効であったろう。だがその決断は少し遅かった。

「逃がさねえよっ！」

苛烈なレーヴェの突進を誰も止められない。

「くっ、防げ！　なんとしても時間を稼ぐのだ！」

騎士たちは身体を張って食い止めようとするが、サリエルが前線に出過ぎていたために、その挺身《ていしん》の壁は尽きようとしていた。

「こんな、こんな馬鹿な！」

サリエルは惑乱していた。

約束された栄光――誰もが夢見てやまない不老不死の謎を解く最初の人間となるまであと一歩のところまで来ながら、取るに足らぬ愚か者に邪魔されるなど。

「そんなことがあってたまるかあああっ！」

刹那《せつな》、蒼い一条の光がサリエルの顔をかすめ、熱い痛みとともに一筋の血が頬を伝った。

勇戦する騎士は確かに立派であった。しかし彼らが守るべき指揮官は、たっぷりと殺意のこもったレーヴェの一撃に、魂の髄《ずい》まで凍りついてしまった。

逃げようにも思うように足が動かない。心臓の音がまるで脳内で反響しているように大きく感じられた。

サリエルはその手でエルロイを殺した。悪鬼と化したレーヴェが自分を生かしておくはずがないことに、今さらながらサリエルは気づいたのである。

「た、助けろ！　早く私を運べ！」

恐怖にすくみあがった足は、もどかしいほどゆっくりとしか動かない。

サリエルは自力で逃げることすら断念して、騎士たちに自分を運ばせようとしたが……。

「よう、つれないこと言うなよサリエル。ちょいと思い出話でもしようじゃないか」

「ひいいいいいいいっ！」

驚くほど近くでその男の声が聞こえたことに、サリエルは悲鳴を上げた。

早すぎる！　いくらレーヴェが卓越した戦士でも、こんな容易く正規軍が突破されるはずがない！

「最初から前にしゃしゃり出すぎなんだよ、お前は。戦いを甘く見た報《むく》いってやつさ」

「こ、こんなことをしても無駄だ！　我々を止めることなぞできんのだぞ！」

悠然《ゆうぜん》と佇むレーヴェの姿を確認したサリエルは、なおも虚勢を張る。

素直に敗北を認めるには、彼のプライドは高すぎた。

「我々の任務はワルキアとの戦争ではない。今頃ワルキアはどうなっているかな?」

「お前らがワルキア攻撃の本命でないことと、俺がお前に復讐するのになんの関係があるんだ？」

サリエルはひどく当ての外れた情けない表情をした。

もはやワルキアの陥落は確定的。フリギュアはワルキアの遺跡を手に入れ、この世界に覇を唱えるというのに。あえて敵対するのは愚かであるはずなのに……。

「フリギュアもワルキアも知ったことか。俺は仲間の仇を取るだけのことだ」

「ま、待て！　私を失えば、遺跡の謎は永久に解読できずに終わるのだぞ！」

それだけがサリエルの拠《よ》り所《どころ》だった。まさにその一事に、サリエルは人生の全てを捧げてきたのである。もっとも、その妄念《もうねん》に他人が共感できるかは別の問題なのだが。

「そんなこと知るか。それに、お前にしかできないことなどあるものか」

レーヴェの侮蔑《ぶべつ》のこもった言葉にサリエルは怒り狂った。

野蛮人の分際で、物の価値もわからぬ小人が、エノクの残した遺物を解析できる天才を嘲笑うなど許されていいものか。

「いい表情《かお》だ。お前の全てを否定してから殺してやる」

左からオイゲンが、右からセネカが、正面からレーヴェが、必死にサリエルを守ろうとする騎士の間をすり抜けた。

「き、貴様らのような野蛮人に、私の偉業がわかってたまるかあああああっ！」

いやだ、いやだ。私は不老不死を手に入れ、この手に栄光を掴むのだ！

迫りくる現実から目を背けようと、サリエルは目をつぶって神に祈ったまま、意識を失った。

「まだ殺さねえよ。いろいろとしゃべってもらうまではな」

レーヴェは意識を失ったサリエルを肩に担ぎ上げ、クルリと踵を返す。

「急げ！　セイリア、援護頼む！」

サリエルを確保したレーヴェたちは、疾風のような速さで撤退を開始した。

局地的に圧倒していたとはいえ、サリエルという足手まといがなくなった騎士団を相手にするのは、レーヴェたちでも荷が重い。

彼らが態勢を立て直す前に退くべきであった。

「轟炎《グローリーインフェルノ》！」

まるで小さな火山が噴火したような溶岩が降り注ぎ、フリギュア軍を足止めしている間に、レーヴェたちはまんまと逃走に成功した。

「そっちは任せたぜ――エル」

†

それから多少の時を遡《さかのぼ》る。
一方のエルロイはというと――レーヴェたちと別れた途端、非常事態になっていた。

「なんか熱っぽいな……風邪《かぜ》か？」

昨夜あたりから微熱が続き、身体の芯になんとも言えぬ倦怠感《けんたいかん》があるのだ。

ほとんど風邪も引かない健康体が自慢であったエルロイには、症状にまったく心当たりがない。

「今日のところはお休みになられては？」

このときの使い魔がカリウスであったことも不幸な巡り合わせだった。もしもカーチャであれば、なんらかの対処は可能だったかもしれない。

「あ～、お嬢ちゃん」

快活な覇気を感じさせる男の声がした。

しかしエルロイは、未だに自分が女性として話しかけられることに慣れたわけではない。

当然のように無視して先を急ごうとするエルロイの肩を、青年が遠慮がちにトントンと軽く叩いた。

「――何か？」

トロンと潤んだ、どこか危うい熱を孕《はら》んだ瞳。少女の見た目とはアンバランスな妖艶さに青年は思わず固唾《かたず》を呑む。

もしかして自分が危ない性癖に目覚めたのではないかと、この青年は人知れず背中に冷たい汗を流した。

「も、もしかして気づいてない？　血が出てるけど」

「へっ？」

間の抜けた声を出したエルロイは、青年の視線を辿って自分の足を見下ろした。

すると太ももの内側を伝って、一筋の赤黒い血が右足の靴下を濡らしているのが見えた。

「えっ？　えっ？　どうして、いつの間に血が？」

微熱で霞《かすみ》のかかった思考が混乱を助長する。

怪我をした覚えはないが、もしかして慣れない下着のせいで股ズレでもしたのだろうか？

そんなことを考えながら、エルロイは男であったころの感覚のままにスカートをたくし上げた。

象牙のような白い足が露わになり、付け根にある純白の小さな布地が赤く染まっている。

「うわっ……本当だ……」

生々しい流血にエルロイは形の良い眉を顰《ひそ》めた。

「君……ちょっととっ！」

「ふえっ？」

エルロイが流血の理由を考えている間に、青年はエルロイの手を取って走り出した。

なんとなくだが、青年の行為に悪意がないことを感じたので、引っ張られるままに任せると、街の中央にある公園へと着いた。

ハァハァと荒い息を整えた後で、青年は意を決したように尋ねてくる。

「もしかして君――痴女？」

「なっ！　急に何を言うんだよ！」

まがりなりにもエルロイは意識的には男のつもりなのだ。男を誘惑するつもりなど毛頭ない。

「いやいや、だって普通、衆目の前でいきなりスカートまくって下着を見せつけられたらそう思うだろ？」

言われてみて初めて、エルロイは先ほどの自分の所業を思い出した。

ようやくにしてエルロイは、ほとんど路上羞恥ショーを実演してしまったことを自覚した。

「何も考えてなかったのか……もしかして生理になるの初めてだったりする？」

「生理⁉　生理だって⁉」

恥ずかしさに悶絶していたエルロイは、新たに投入された火種に再び絶叫した。

女の身体になってしまったのはわかっていたけれど。女として生きていかなければならないことも覚悟していたけれど。

それでもここまで女自身を実感させられたのは初めてであった。

「えぐうっ……ふえぇええええ」

――まただ、また感情を抑制できない。

エルロイは否応なしに変わってしまった自分の姿を見せつけられて、身も世もなく号泣《ごうきゅう》した。

「えっ？　えっ？　俺何か悪いこと言った？」

「まことに恐縮ながら、主様には複雑な事情がございましてな……」

カリウスが深々とため息をつく。

「そ、そうか。これも何かの縁だろう。どうやら本当に初めての生理らしいし、うちで侍女に世話をさせるさ」

「ご厚意に甘えさせていただきます……」

カリウスは泣き続けるエルを抱き上げて、赤ん坊をあやすかのように背中を撫でつける。

なんとも奇妙な取り合わせだな、と青年は思った。

どう見ても親子ではない。おそらく男は執事だが、少女のほうは王族のような気品と無頼のような覇気が混在していて、なんとも判断がつかなかった。

しかしもともと好奇心の強い青年は面白いことになってきた、と内心でほくそ笑んだのだった。


青年が二人を連れてきたのはワルキアのオノグル城にほど近い豪壮《ごうそう》な邸宅であった。

その玄関に双頭の獅子が刻印されていることにカリウスはすっと目を細めたが、言葉に出しては何も言わなかった。

「お帰りなさいませ」

「ああ、この娘の面倒を見てやってくれるか？」

三十代くらいの迫力のある侍女頭《じじょがしら》はうやうやしく青年に腰を折ると、カリウスの胸で未だに泣き続けているエルロイに目を移した。

何か事情があるのを察したのは侍女頭はとくに詮索《せんさく》もしなかったが、エルロイの足が血で汚れていることはすぐに発見する。

「ま、そういうことだから……」

侍女頭の瞳がギラリと肉食獣のように輝いたのを青年はあえて見なかったことにして、丸投げすることを決意した。

「万事お任せくださいませ！　なんて綺麗な肌なのかしら……張りも潤いもうらやましいわあ」

あっという間にエルロイは下半身を剥かれた。

そして血で汚れた下着が廃棄され、生理の対策についてレクチャーが始まる。

怒涛《どとう》の展開にまったく思考の追いつかないエルロイは、ただ黙って侍女頭の話を聞くほかなかった。

「あ、あの……もうそろそろ離していただけないでしょうか？」

それからずっと、エルロイは集まってきた侍女軍団によっておもちゃにされ続けた。

「髪もしっとりして艶があって、いじりがいがあるわあ……」

「フリルとボーダーどっちが好き？」

「胸は小さいけど、きちんと寄せて上げればワンカップは大きくなるから！」

「お願いだから放っておいてくださいっっ！」

生理の世話とは名ばかりの羞恥ショーが終わるまで、それから一時間以上の時間が必要であった。


「ほう、もともと素材はいいと思っていたが、見違えたな」

「早く俺の服を返してくれよ～～！」

胸の大きく開いたドレスに着替えさせられたエルロイは、露出したうなじまで真っ赤に染めて恥じらった。

その様子に、してやったり、と青年は笑う。

黒を基調としたドレスは愛らしい白いフリルで飾られ、エルロイの眩しい金髪の輝きと相まって人目を引く。正直ここまで化けるとは青年にも予想外だった。

「少々手こずりましたわ……このお嬢様、女性としての基本的な教養がまるで足りていないものですから」

深々とため息をつきながらも、侍女頭は自分の仕事ぶりに満足気である。

「道理で……いきなりスカートをめくったときには、痴女にしか見えなかったからな」

「も、もうその記憶は忘れてくれっ！」

あのときは頭が呆けていたのだ。ちょっと腕まくりするくらいの感覚だったのだ。間違っても下着を他人に見せるつもりなどなかったのだ！

穴があったら入りたい、とエルロイは赤面する顔を両手で覆い隠した。

「ま、それはともかく――」

楽しそうにエルロイをからかっていた青年の瞳が、感情を極力排した武人の瞳へと変化する。

その変わり振りは、エルロイが反射的に身構えてしまうほどのものであった。

「あんた、レーヴェとどんな関係だ？」

そこで初めてエルロイは、服の中の紹介状を調べられたことを悟る。

この男、果たして敵か、味方か？

最悪の場合、素手で敵中を突破しなくてはならないと丹田《たんでん》の気を練り始めたところで、苦笑したカリウスが口を挟んだ。

「書状を見たのであればご存じではありませぬか？　第一公子ベルンスト殿下」

「へっ？　この人がワルキアの第一公子……なの？」

まだ完全に頭が復帰していないエルロイの様子に、ベルンストは表情を緩めてプッと噴き出した。

本当にこの娘が、あのレーヴェに大事を託されるほどの者なのか……。

「どう見てもレーヴェを上回る手練《てだ》れというより、レーヴェがロリに走ったと言われたほうがしっくり来るがなあ……」

「俺はロリじゃないし、レーヴェは友達！　それ以上でもそれ以下でもない！」

「最初はみんなそう言うんだよねえ……友達って」

「キレていい？　キレていいよね？」

「落ち着いてください主様。自分が何をしにきたのかお忘れか？」

カリウスに指摘されて、ようやくエルロイは落ち着きを取り戻した。本来の目的において、第一公子が重要なファクターであるということも。

くしゃりと秀麗な顔を歪めて、青年は実に楽しそうに笑った。

「お初にお目にかかる。私が第一公子ベルンスト・ヨアヒム・フォン・ワルキアだ。レーヴェとは子供のころからの腐れ縁でね」

ベルンストとレーヴェの出会いは十数年前に遡る。

引退した元騎士団長ハインリヒのもとに神童が現れたと聞いたのは、ベルンストが十四歳のときであった。

英才教育の賜物《たまもの》か、同年代のなかでは向かうところ敵なしであったベルンストは、かつての剣の師匠であったハインリヒを嬉々として訪ねた。久しぶりに歯ごたえのある相手に巡り合えると思ったのだ。

ところが歯ごたえがあるどころか、ベルンストはそこでひとつ年下の少年――レーヴェに完《かん》膚《ぷ》なきまでに敗北したのである。

やることなすこと全てがレーヴェの前では歯が立たなかった。

以来、不思議と馬の合った二人はともに腕を磨き、ともに遊ぶ悪友となった。

ベルンストはレーヴェの武才を誰よりも知っていると言っていい。

だからこそ、レーヴェが手放しで褒め称えるエルロイに興味を引かれずにはいられなかったのであった。

「レーヴェの手紙には、陛下の警護に参加させるよう書いてあるが……それに相応《ふさわ》しい実力を君は持っているのか？」

次期王位継承者であるベルンストの推挙《すいきょ》ならば、エルを警護の一人にねじ込むのは可能であろう。しかし明らかに実力のない者を送り込めば、最悪の場合ベルンストが罪に問われる可能性すらある。

要するにベルンストはエルロイを信じきれていないのだ。

ふう、と軽く息を吐くと同時に、エルロイの姿がベルンストの視界からかき消えた。

「なっ！」

「これでいかが？」

次の瞬間にはどこから取り出したのか、背後からナイフをベルンストの首に突きつけるエルロイがいた。

冷たい汗がベルンストのこめかみを滑り落ちていく。

「ま、まるで神速エルロイのような速度だが、それだけでは……」

「……それだけ？」

鼻で嗤うように、エルロイは形の良い唇を歪める。

そこに、先ほどまで恥じらいで真っ赤になっていた愛らしい少女の姿はない。

全世界にその名を轟かせた、ダイバーギルドの長にして類稀な戦士エルロイが、確かにそこにいた。

戦えば一瞬で殺される。

圧倒的な格の差を本能的に察して、ベルンストはブルリと身体を震わせた。

すると、ベルンストのシャツのボタンが一斉に床に零れ落ちていく。

もちろん勝手に落ちたわけもなく、移動の瞬間にエルロイが全て斬り落としたのだ。

「まだ不足だと……？」

「いや、十分だ。なるほど、レーヴェが惚れ込むわけだね」

危うく虎の尾を踏むところであったようだと、ベルンストは内心でほっと胸を撫で下ろした。

しかし、余計な一言が多いのが性分である。

「ところで本当にレーヴェの恋人じゃないの？」

今思えば、どんな美女に言い寄られても、男とつるんで馬鹿をやるのが好きな男だった。幼女趣味《ロリコン》であったとするならそれも納得がいく。

「――成敗！」

エルロイの無情な爪先がベルンストの股間に食い込んだのは、その直後のことであった。

†

ワルキア公国を挙げての一大イベントである武闘祭は、およそ数百人の参加者と数万を超える見物客を迎え、今クライマックスを迎えていた。

「――今年は久しぶりに、あの男《レーヴェ》に匹敵する戦士が現れたようだな」

観覧席でふてぶてしい笑みを浮かべる公王ルーデンドルフに、ベルンストは苦々しそうに肩をすくめて答えた。

「タイプは正反対のようでありますが」

決勝にまで上りつめた黒ずくめの戦士アジャンクールは、確かに傑出《けっしゅつ》した実力の持ち主である。しかし、勝つためには手段を選ばぬ裏社会の匂いを濃厚に感じさせる男でもあった。

優勝者に騎士団への門戸が開かれることを考えると、武闘祭の運営側にとっては、できれば勝って欲しくない相手だ。

しかしその希望が叶う可能性が限りなく低いことも、ベルンストは承知していた。

「うむ。もったいない気もするが、アジャンクールとやらも、騎士となるなど望むまいよ」

名誉ではあるが、騎士という職業は決して裕福ではない。激しい訓練、そして困難な任務の割には、むしろ報われない職業と言ってもよいほどだ。

そんな割に合わない努力を好む裏社会の人間など聞いたこともなかった。

「さあ、始まるようだぞ」

闘技場では、能面のように無表情な長身の軽戦士が、対面する相手を見下ろしていた。

その表情からは決勝に臨《のぞ》む緊張を窺うことはできない。

むしろあまりに平穏すぎて、相手の戦士のほうが気圧《けお》されているような有様である。

観客も無表情の軽戦士――アジャンクールの勝利を予感しているのだが、彼の勝利を望むかと言えばそれはまた別な話だった。

「今年はやっぱり、ゲランに勝たしてやりてえよな?」

「ようやく怪我も治って今年こそは優勝かと思ったのに……運がねえ」

対戦相手のゲランはここ数年、優勝候補と呼ばれながら怪我や惜敗《せきはい》が続き、今年こそ優勝を期待される若者である。

賭けのオッズでは一番人気であることからも、観客がどれだけ期待しているかわかるだろう。

「負けるな！　ゲラン！」

「スカした野郎をぶちのめせ！」

どんな試合内容でもよいから、ゲランに勝って欲しい。

観客のボルテージが最高潮に達しようとしたころ、審判の開始を告げる号令が下った。

「はじめっ！」

先に仕掛けたのはゲランのほうであった。

重厚な筋肉の鎧を身に纏ったゲランは、接近戦を得意としている。相手の懐に飛び込む踏み込みの速度は天下一品で、多くの対戦相手がこの突進を防げず闘技場に沈んだ。

「うおおおおおおおっ！」

雄叫びを上げて広刃《こうじん》の湾曲刀《わんきょくとう》を振り下ろすゲランの突進を、アジャンクールは顔色ひとつ変えずに躱す。

全く身体の軸をぶらさず、最小限の動きでゲランの一撃を避けたことに、観客の口からなんとも言えぬため息が漏れた。

これまでの試合でも、まるで相手との格の差を見せつけるように、アジャンクールは開始からしばらくの間は防御に徹するのだ。そしてどれだけの秘技を尽くそうとも勝てぬと知って絶望する相手を、嬲《なぶ》るように痛めつける。

ゲランもまた、そんな犠牲者の一人になってしまうのか……誰もがそう思った瞬間、ゲランの太い身体が独楽《こま》のように回転した。

アジャンクールはそれも冷静に捌《さば》いたが、回転のなかから時折放たれる蹴りまでも完全に防御することは無理であったらしい。

ついにゲランの蹴りがアジャンクールを捕らえ、ガードした体勢のまま数メートル吹き飛ばすと、観客席からやんやの歓声が上がった。

「――蹴技、旋掃脚《せんそうきゃく》」

身体能力を生かした剣技に定評のあるゲランだが、この武闘祭のため、新たに体術の特訓を重ねていたのである。

しかも、決勝まで温存していたとっておきだった。

畳みかけるようにゲランは剣、蹴り、肘を織り交ぜ、アジャンクールを追い込んでいく。

「調子に乗るな」

呟くように小さく低い声だが、その言葉に託された暗く冷たい感情と殺気に押されて、ゲランは思わず距離を取る。

「人を殺せぬ武闘祭に何の意味があるというのだ……」

観客に聞かれぬよう、アジャンクールは不満も露わに独りごちた。

故意に対戦相手を殺した場合は失格になるという武闘祭のルールが、アジャンクールにとっては面白くなかった。

「せめていい声で啼《な》け！」

瞬く間に攻守が逆転する。

縦横無尽に放たれる剣撃が、ゲランの全身を切り刻んでいく。

あえて軽い傷を負わせて相手をいたぶるアジャンクールに、観客たちは絶望の呻き声を上げた。やはりアジャンクールはゲランを相手にしてなお、手を抜いていたのだと。

しかしゲランは、むしろそのアジャンクールの余裕のなかに勝機を見出していた。

最初からいたぶるのが目的の浅い一撃が来るとわかっていれば、相討ちを狙うのはそう難しいことではない。

アジャンクールの浅い一撃を、あえて踏み込むことで体内に深く埋め込ませる。

ゲランの厚い筋肉がアジャンクールの刃をぎゅうと締め上げた。

そして間髪いれず捨て身の打突——超至近距離からの拳技、飛槍砲《ひそうほう》を放ったゲランは、己が賭けに勝ったことを確信した。

(この間合いではもう逃げられん！)

ブツリ。

何かが体内で弾ける音がして、ゲランの意識はそれを最後に闇に呑まれた。

アジャンクールの剣は魔剣である。

ゲランの拳を避けられないと判断した瞬間、アジャンクールは魔剣のスキルを発動したのだ。刃をあえて体内に食い込ませたことが仇《あだ》となった。生命吸収《エナジードレイン》をまともに食らったゲランに、もはや耐えるだけの体力は残されていなかったのである。

（ふう……危うく殺したかと思ったが、命汚《いのちぎたな》い男よ）

普通の男であれば死に至る衰弱であるはずだ。しかしゲランの呼吸は浅くはあるが規則正しく、意識を失っているだけだということが見て取れた。

「しょ、勝者アジャンクール・マクベナス！」

勝負の決着を告げる審判の宣告に、アジャンクールはホッと胸を撫で下ろした。

咄嗟のこととはいえ、危うく反則負けを喫《きっ》するところであった。

しかしその表情は晴れない。

格下のゲランに一矢報いることを許したばかりか、その命まで見逃さなければならないとは。

敗北が死と同義だからこそ闘争は尊いのに、なんと無粋なルールであることか。

控えていた医師団がゲランの身体を手際よく担架《たんか》で運び出していく。

――まあいい。

アジャンクールはそんなゲランを一瞥《いちべつ》すると意識を切り替えた。戦いはまだ終わったわけではないのだ。

「優勝者、アジャンクール。そのまま御前《おんまえ》に進み出よ」

形式通り、アジャンクールは公王ルーデンドルフの前まで移動すると剣を床に置き、膝を突いて首を垂れた。

「武闘祭の勝利を祝して陛下より冠《かんむり》の授与を賜る。謹《つつし》んでこれを受けよ」

「御意」

月桂樹《げっけいじゅ》の冠を手にルーデンドルフが玉座を降り、アジャンクールの前へ進み出る。

そしてアジャンクールの頭に冠を被せると、その肩に剣の平を当てた。

「汝《なんじ》、騎士の道を志すものか？」

「否。我は死すまで地を這《は》いずる畜生《ちくしょう》なり」

王を前にして全く悪びれず、裏街道を生きることを宣言するアジャンクールに、ルーデンドルフは愉快《ゆかい》そうに目を細めた。

「ならば何ゆえ武闘祭に参加した？」

アジャンクールほどの実力があれば、仕事は引く手あまたであったろう。

武闘祭の賞金は決して低い額ではないが、超一流の殺し屋の報酬とは比べものにならないはずだ。

「それは……こういうことだっ！」

床に置いたままの魔剣がひとりでに抜刀してアジャンクールの手に収まる。

そのあまりに非常識な出来事に、英雄王とまで呼ばれるルーデンドルフの反応が遅れた。

もちろん、その致命的な隙をアジャンクールが逃すはずもない。

この一瞬のためだけに、アジャンクールは日の当たる武闘祭などという舞台に出てきたのだから。

青白い燐光《りんこう》を放つ魔剣を、アジャンクールは下から突き上げるようにしてルーデンドルフに突き刺した——いや、突き刺そうとした。

「魔剣デイオグラス、か……お前の正体わかったぜ」

「貴様っ……！」

アジャンクールともあろう者が見逃してしまうほどの、恐るべき急加速によって割り込んだエルロイの手によって、アジャンクールの必殺の一撃は見事に防がれていた。

「裏切りの剣士が誰かわからないはずだ。お前はダイバーというより傭兵が本業だったからな。そうだろう？　漆黒《しっこく》のダータルネス」

「……貴様いったい誰だ？」

その二つ名を知っているのは、ダイバーギルドの幹部に限られるはずである。

アジャンクール——またの名を漆黒のダータルネスがダイバーギルドで活躍したのは、対魔族戦闘が華やかであったごく一時期に過ぎない。

ただ魔族と戦いたいがためにダイバーに参加したこのとき、アジャンクールは黒い覆面で貌《かお》を隠していた。

「悪いが公王陛下を死なせるわけにはいかない。レーヴェたちに何を言われるかわかったもんじゃないからな」

「その構え、プシュケー流剣術と見た。女……貴様、神速エルロイに近い者か」

暗殺に失敗したにもかかわらず、アジャンクールの表情は晴れ晴れと輝いていた。

極上の獲物を前にした狩猟者《しゅりょうしゃ》のように、アジャンクールはかつてもっとも死合いたかった男、エルロイの姿を眼前の少女の中に見たのである。

「おいおい、そんな余裕で大丈夫なのか？」

「――貴様と楽しむくらいの余裕なら十分あるさ」

いかに優れた武を誇ろうとも、闘技場にいる全ての騎士を敵に回して戦うことは不可能に近い。

にもかかわらず未だ悠然とした態度を崩さないアジャンクールに、今度はエルロイが不審がった。

そのときである。

「狼藉者《ろうぜきもの》だ！　斬り捨てよ！」

闘技場の警護に当たっていた第三騎士団の面々が、そう叫びながら公王近衛《このえ》の騎士に斬りかかったのだ。

「マウリッツ！　これはなんの真似だ？」

ベルンストは第三騎士団を率いる腹違いの弟に向かって吠えた。

「私より少しばかり早く生まれたというだけで、下賤《げせん》なお前が父の後を継ぐというのなら、お前も父も殺すまでのことよ！」

「愚かな！」

アジャンクールの余裕のわけは、フリギュアと内通した第二公子マウリッツの謀反《むほん》であった。フリギュアの魔の手は、すでにワルキア公国の中枢にまで及んでいたのである。

「陛下を守れ！」

襲い来るかつての仲間を相手に毅然《きぜん》と円陣を組むあたりは、さすがに最精鋭の近衛騎士である。

しかし闘技場には第三騎士団のみが配備されていたため、多勢に無勢であることは否めない。

「どうだ？　心配せずとも俺たちの戦いの邪魔はさせんよ」

余裕たっぷりに嗤うアジャンクールに、エルロイはいささかも動じずに嗤い返した。

「そうかな？　急がないと、間違いなく邪魔されることになるぜ？」

この程度でワルキアが陥《お》とせると思っているのなら、考えが甘すぎる。

それにあの愛すべきトラブルメーカーの仲間たちが、このお祭りに間に合わぬはずがない。

エルロイはそう確信していた。

「この騒ぎに街の警護が気づかぬはずがない！　それまで耐えろ！」

第一公子ベルンストは近衛の先頭に立って、公王ルーデンドルフを守る盾となった。

「この決起に賛同する同志は他にもいるぞ！　諦めてとっとと死ねえええ！」

兄への憎しみを隠そうともしないマウリッツを、ルーデンドルフは哀しそうな目で見つめる。

出来が悪いとはいえ、やはり血を分けた息子であることに変わりはないのだ。

「マウリッツよ。お前はそれほど王になりたかったのか」

「ああ、当たり前じゃないか！　どうして僕が兄というのもおこがましい下賤な奴に仕えなくちゃならないんだ！」

ベルンストの母は、マウリッツの母より身分が低いとはいえ男爵家の令嬢であり、下賤な身分と言うには程遠いのだが、マウリッツにとっては認められないようだ。

「ならばこの私を倒して王になってみるのだな。だが――敗北すれば死があるのみだということを覚えておけ」

謀反はたとえ王族であろうと死罪である。

実の父であるルーデンドルフに本気の殺気を向けられて、マウリッツはようやくその事実に気づいたらしかった。

「ひ、ひぃいいいいいいっ！　早く！　早くあいつを殺せ！　殺すんだあああ！」

慌てて味方の騎士の陰に隠れたマウリッツには目もくれず、ルーデンドルフは威風堂々と胸を張って宣言した。

「このルーデンドルフ・ハンス・ヨアヒム・フォン・ワルキアが剣を手に取った以上、立ち塞がる者があれば生かしてはおかんっ！」

「まるで本当にエルロイがいるようじゃないか！」

アジャンクールは目にも留まらぬ神速で動く少女に、かろうじてついていくのが精いっぱいであった。長い戦歴のなかでも、エルロイ以外の者でこの速度は見たことがない。

一方のエルロイは、冷静に相手を分析していた。

（やはりあの魔剣が厄介だな）

魔剣デイオグラスは敵から生気を吸うと同時に、持ち主に生気を与えその能力を底上げするスキルを持つ。

これまでどれほどの生気を吸っているか知らないが、まともに体力勝負となればエルロイの敗北は間違いないだろう。

「楽しいっ！　これほど楽しいのは久しぶりだ！」

「こっちはちっとも楽しくないわ！　この戦狂《いくさぐる》いが！」

まだ順応しきれていない予備身体の身体能力やリーチの差が、エルロイにとってはハンデとなった。

相手が並みの騎士であれば問題ではないが、ほぼ互角の実力を持つアジャンクール相手では大問題である。

「どうした？　速度だけが取り柄ではあるまい？」

少女がエルロイと同じ流れを汲むとするなら、剣術だけではなく魔法も駆使するはず。

実力を隠されたままでは面白くないと考えたアジャンクールは、手の内を知っていることを少女に通告したのであった。

「ご親切にどうもっ！　雷撃《ヴォルト》！」

牽制の魔法を放つと同時に間合いを詰めようとしたエルロイは、背筋を走る凍《い》てつくような寒気を感じて咄嗟に右へ飛んだ。

「ふふふ……勘も悪くない」

アジャンクールは魔法を避けるどころか、踏み込んで魔剣に魔法を食わせたのである。

エルロイも初めて見る光景だった。この魔剣の切り札とでもいうところだろうか。

「魔法を食うとか、反則だろ……」

食われた魔力はそのままアジャンクールの力となるに違いない。

エルロイにとっては、戦力の半分である魔法を封じられたも同然である。

しかしエルロイは、むしろ心の奥から熱い愉悦の塊がせり上がってくるのを感じていた。

「だが……魔法を食ったくらいで勝てると思ったら大間違いだ！」

「本当に面白い女だな。本性は俺と同じか」

「てめえといっしょにするんじゃねえよっ！」

「その言い方……まるで本当にエルロイがそこにいるようだよ！」

アジャンクールは笑みで口元を歪めると、嬉々として逆襲に転じた。

防御している間に、早くもエルロイの速度に順応したのだ。

いかに速度で勝ろうとも、それだけで勝てるほど超一流の戦いは甘くない。

もちろんそれはエルロイも百も承知のことであった。

「そらそらっ！　少しでも傷を負えばデイオグラスが生気を食らうぞ！」

剣士にとってもっとも大事なのは見切りと呼ばれる距離感である。

とある著名な剣豪は、皮一枚の二ミリ程度の精度で相手の剣を見切ることができたという。

しかし魔剣デイオグラスという相手の傷口から生気を吸い取る武器に対して、その二ミリの見切りを保つのは至難の業《わざ》だ。

恐怖のあまりわずか数ミリの感覚が狂っただけで、一流以上の剣士には十分致命傷に成り得るのであった。

「性質《たち》の悪いことを……！」

「そう言いながらも、まるで間合いをずらさないとはな！」

アジャンクールは内心で舌を巻いた。

少なくともデイオグラスで攻撃されれば、いささかなりとも動揺や過剰反応を誘えるものだ。

それを意志の力で抑え込むには、気が遠くなるほどの反復継続した修練や、いくつもの死の境界を越えてきた実戦経験が必要だ。

目の前の少女がそれを備えているということが、アジャンクールにはどうしても信じられなかった。

それを認めることは、アジャンクールのくぐってきた修羅場の人生を否定することに等しい。

「――どうも興が削がれたようだ」

手強いのは歓迎するが、こちらの想定から大きく外れるのは面白くない。

勝負にけりをつけるべく、アジャンクールは魔剣のエネルギーを吸収した。

アジャンクールの身体能力が、魔力による補正で一時的に通常の数割増しに増強される。

「死ね。すぐに公王にも後を追わせてやる」

「できもしないことを言ってると器《うつわ》が知れるぜ？」

挑発的なエルロイの言葉に、アジャンクールはますます不満を募らせた。

これほどの腕を持つならば、今の実力差がわからないはずがない。

にもかかわらず弱者が強者に平然と牙をむくのは身の程知らずであると、アジャンクールは感じたのである。

「乗り越えることのできない力の差というものを教えてやる」

アジャンクールが選んだのはシンプルな力押しであった。

身体能力に物を言わせて接近戦を挑み、相手の防御ごと粉砕する。

大上段から振り下ろした剣を、少女が下から撥《は》ね上げるように迎撃するのが見えた。

愚かな抵抗である。振り下ろしと振り上げ、どちらが力が入るかは言うまでもない。

魔剣の力で増しているアジャンクールは、剣ごとやすやすと少女を真っ二つに割るはずであった。

ところが、生憎と少女の身体はエルロイのものではなく、亜神エノクの予備身体である。

まだその力の全てを使いこなせてはいないが、単純な形なら話は違う。

以前、男であったころの数倍に達する身体能力もそのひとつだ。

「なんだとっ？」

下から振り上げられたエルロイの剣に、振り下ろした自分の剣を弾き飛ばされ、不覚にもアジャンクールはうろたえた。

常に冷徹《れいてつ》な計算のもとに戦いを組み立てるこの男にあるまじき動揺であった。

さすがのアジャンクールでも、まさか少女に膂力で敗北するなどとは思い至らなかったのである。

「意表を衝かれるのに弱いのは相変わらずだな！」

少女の言葉に、アジャンクールはずっと喉の奥で小骨のようにつかえていた違和感がなんであったのかを理解した。

「エルロイ……エルロイなのかっ！」

「見た目は変わっちまったが、間違いなく俺は神速エルロイさ！」

変わったとかいうレベルじゃないだろう！

理不尽な現実を前に、アジャンクールは神のいたずらを呪う。

そして次の瞬間、腹部に走る衝撃とともに意識を失った。


「……財務卿、貴様もか！」

闘技場に隠れていた私兵に守られ、得意気な表情を浮かべる財務卿に、ルーデンドルフは苦々しく呼びかけた。

閣僚級の大貴族が複数裏切っていることに、さすがのルーデンドルフも驚きを隠せない。

いささか武張ったところがあるが、基本的にルーデンドルフは善政を敷いており、国民や貴族の間でも人気があったからだ。

「金や名誉程度の話であれば、私も陛下を裏切ることはなかったでしょう。しかし不老不死という夢を前にしてはそうもいかない」

「まさに夢物語だな。卿《けい》が夢想家であるとは寡聞《かぶん》にして知らなかったが」

そんな便利な魔法があれば、この世界は不死者で溢れている。

古代遺跡の中にはそうした魔法があると噂されているが、そもそも古代世界が滅亡したことが、逆説的に噂を否定しているとルーデンドルフは考えていた。

「わかっていただけなくて結構。死を免《まぬが》れるのは、選ばれた者だけに限るべきですので」

「逆に寿命が縮まなければよいがな！」


兵力では圧倒的に劣りながらも、ルーデンドルフと近衛騎士団は堅固《けんこ》な防御陣を崩してはいなかった。

「たかがあの程度の小勢に何を手こずっている！」

第二公子のマウリッツが駄々をこねるように叫んでいるが、それは無理というものだ。

まず近衛騎士自体が、ほかの騎士団とは一枚も二枚もレベルが違ううえに、マウリッツ側の騎士たちは決して好きで戦っているわけではない。

上司が命令するから戦っているにすぎないので、士気など上がろうはずもなかった。

もちろん、十倍以上の敵の攻撃に耐え続ける近衛騎士に疲労が蓄積しているのも事実だが。

「我が剣の錆《さ》びになりたい者はいるか！」

そのなかでとくに気を吐いているのが、公王ルーデンドルフ自身である。

王に直接攻撃するのが憚られたのか、躊躇する敵を、当たるを幸いなぎ倒しまくっていた。

第一公子ベルンストも、父ほどではないが活躍目覚ましい。

かつてはレーヴェのライバルと目されていたというのも、まんざら嘘ではなさそうだ。

「陣を乱すな！　援軍が来るまで持ちこたえるのだ！」

マウリッツは、そう叫ぶ兄のベルンストを怨念《おんねん》のこもった目で見つめ、狂ったように激怒した。

「無駄だ！　無駄なのだよベルンスト！　この決起にはフリギュアも加担しているのだ！」

実のところ、マウリッツは国内貴族のせいぜい一割ほどしか掌握《しょうあく》していない。

公王ルーデンドルフはそれほどにカリスマ性の高い君主であった。

しかし大国フリギュア王国の支援があれば、それは国内貴族全ての支持を受けるよりも強力である。

そもそも小国であるワルキア公国は、隣国の支援なくしてフリギュア王国の圧力を跳ね返すことは難しかった。

「マウリッツ！　貴様国を売ったのか⁉」

「人聞きの悪い。正しい道に戻すため、協力してもらっただけさ」

ベルンストの顔が苦渋に歪むのを見て、マウリッツは心地よく微笑んだ。

兄に対する劣等感がようやく少しは解消された気分であった。

「あとは私に任せてとっとと死ね！　お前も、お前の母も、生まれてきたことを後悔させてやる！」

「……自分の力では何もできないお前に教えてやる」

血を分けた弟とはいえ、母にまで危害を加えると宣言され、もはや慈悲を与える必要は感じなかった。

「お前の望みは何ひとつ叶わない。敵も味方も、お前の願望通りに動くことなど何ひとつないと知れ！」

マウリッツはただ踊らされているだけに違いない。

黒幕はフリギュアの誰かであろうが、おそらくはあのエルファシアという少女の言う通り、ワルキアの遺跡が目当ての陰謀だろう。

所詮狂言回し《きょうげんまわ》にすぎぬマウリッツが、望み通り王冠を手に入れる可能性は皆無に等しかった。

それに——。

「ああ、やっぱり。昔からお前は、いつも美味しいところをさらっていく男だよ」

圧縮された空気の弾丸が、背後から次々と第三騎士団の騎士を空中に吹き飛ばしていく。

ベルンストはこれを得意とする一人の男を、いやというほど知っていた。

友であり、好敵手《ライバル》であるその男は、まるで運命に愛されているかのように、こうして絶妙なタイミングに現れては手柄をさらっていくのだ。

「こりゃあいったいどういうことだ？　ベルンスト！」

「説明はあとでするから、こいつらを叩きのめすのを手伝ってくれ、レーヴェ！」

実に華のある、まさに英雄の器である。何をやっても様になり、必ず期待に応えてくれる。

やはりこの男がダイバーをしているのは何かの間違いのような気がした。

「――思ったより早かったな、レーヴェ」

レーヴェでも苦戦すると思われた凄腕の剣士、アジャンクールを下した金髪の少女が、レーヴェのもとにやってくる。

これほどの実力者がいったいどこに隠れていたのか。ベルンストは気になったものの、今はそれどころではないと思い直す。

「会いたかったぜ、エルウウウウウウウッ！」

親友《レーヴェ》が雄叫びを上げ、両手を広げて少女に向かって駆け出したのはそのときである。

顔の筋肉をだらしなく弛緩《しかん》させた歓喜《かんき》の表情からは、さきほどまでの精悍《せいかん》で英雄然とした雄姿を窺うことはできない。

思わずベルンストの目が点になってしまったのは、誰にも責められないだろう。

「へっへっへっ！　お前の作戦通り、フリギュアの連中をぶちのめしてサリエルを捕まえてきたぜっ！」

「生け捕りにしたのか！　よくやったな、レーヴェ」

「軽いもんよ！　ついてはご褒美に抱擁を……へぶるおあああっ！」

「あ、飛んだ……」

突風の魔法がレーヴェの長身を宙空高く舞い上げていく。

竜巻のようなひねりの効いた回転のおまけつきだ。

「無事だった？　怪我はしてない？　エルちゃん」

そこにはちゃっかり、エルロイの背後から抱きついたセイリアがいた。

鼻腔をくすぐる甘い香りとセイリアの温かい体温を直に感じたエルロイは、真っ赤に頬を染めて俯いた。

ヒュルルルル～という空気を切り裂く音とともに、頭からレーヴェが地面に落下したことに、二人の世界に没入していたエルロイたちは全く気づかなかった。

「遊んでねえで手伝え、ゴラッ！」

呆れるほどの膂力で鎧ごと騎士を潰していく豪腕ロバート、そして魅了のアルラウネや道化のフリッガといった腕利きダイバーたち。

第二公子の謀反が完膚《かんぷ》なきまでに鎮圧されるまで、それほどの時間はかからなかった。

「なんなんだ？　なんなんだよ、こいつら？」

泣きわめくマウリッツにベルンストは冷たく言い放った。

「だから言っただろう？　お前の望みは何ひとつ叶わないと」

慌てて周囲を見れば、いつの間にか警護の騎士は誰ひとり残っていない。

全てエルロイやセイリア、レーヴェたちダイバーによって排除されてしまっていた。

「ちち、違うんだ兄上！　私は無理やり……言うことを聞かなければ殺すと脅《おど》されて！」

マウリッツは見苦しく愛想笑いを浮かべてひざまずいた。

謝れば許されると本気で信じているような変わり身の速さであった。

「陛下のお言葉を忘れたのか？　敗北したときの覚悟もなく、これほどの大事を起こすとは情けない……」

「だって仕方ないじゃないか！　父上は兄上のほうばかりひいきするんだから！　私のほうが王に相応しいのに！」

母に甘やかされて肥大化した自我のままにマウリッツは叫ぶ。

少なくとも表向きには、これほど幼い俗情をまき散らす男ではなかったはずだ。ことに及んで、これまで締め付けてきた箍《たが》が外れたということか。

「相応しいか相応しくないかはお前の決めることではない。お前は王に相応しくないから王になれんのだ」

「――――嘘だ！　母上は私しか公国を継ぐ者はいないと……そうだ！　それに宰相だって！」

「何？」

思わぬ人物の名前に、ベルンストとルーデンドルフの目が等しく眇《すが》められた。

そして該当の人物の所在を確認するべく、その男が座っていたはずの観覧席を見る。

しかし彼の姿はすでに失われており、誰もいなくなった無人の座席が寂寥《せきりょう》たる様子で在るだけだった。

「困った方だ。だからこそ傀儡《かいらい》には都合がよいのだが」

驚いた二人が再びマウリッツのほうを振り向くと、そこには好々爺然《こうこうやぜん》とした宰相がマウリッツの肩を抱いて嗤っていた。

「ターリッシュ、貴様が黒幕か！」

ルーデンドルフの赫怒《かくど》をものともせずに受け流して、宰相《ターリッシュ》はくつくつと引きつれるように笑う。

「黒幕というほどの大物ではありませぬよ。私は誠心誠意、この国のために尽くしておりますとも」

「謀反を企んでおきながら、大した言い草だな」

一向に悪びれることなくターリッシュは主君《ルーデンドルフ》に答えた。

「せっかくの貴重な遺物を、先祖の申し渡しごときで封印してしまう王家に仕える価値などありますまい」

「ふむ、お前もあの遺物を狙う一味の一人であったか」

ある程度のカラクリを推察したルーデンドルフはターリッシュとの会話を止めた。

詳しい話を聞くのはこの裏切り者を捕らえて、騒動を鎮静化させたあとでいい。

ルーデンドルフが剣を手に一歩踏み出すと、ターリッシュはしっしっしっと動物めいた笑い声を上げ、懐から秘物《アーティファクト》を取り出した。

「まだわしもマウリッツ公子も死ぬわけにはいきませんでな」

「うぬっ！」

瞬速の踏み込みで剣を横に薙《な》ぐルーデンドルフより、ターリッシュの秘物《アーティファクト》の発動が一瞬、速かった。

二人が立っていたはずの空間をルーデンドルフの剣が通り過ぎていく。

「……逃がしたか……」

すでに闘技場内の掃討は終わり、第三騎士団の主だった面々は降伏するか死亡していた。

だがほんの少し前まで味方同士であったはずの者たちの死は、ルーデンドルフの胸に重い哀しみと怒りを覚えさせずにはおかなかった。

「この借りは万倍にして返してくれるぞ！　英雄王の名に誓って！」

†

「わ、私に協力すれば悪いようにはしない！　この城には人類の宝が眠っているのだ！」

エルロイやルーデンドルフたちのもとへ引きずり出されたサリエルは、それでもなお自らの正しさを主張していた。

彼の信念からすれば、人類の夢である不老不死を可能とする技法が今目の前にあるのだ。これに協力しないほうがおかしいというのが本音であった。

「いったいどこで、この城の遺跡のことを知った?」

ルーデンドルフとしては、サリエルの思惑などよりそちらのほうがよほど気がかりである。そもそも城の地下の封印は王族でも秘中の秘とされ、公王であるルーデンドルフと公太子のベルンスト以外には誰も知らないはずなのだ。

「……とある古文書を解読して私が発見したのだ!」

歯切れ悪そうにしながらもサリエルは胸を張った。

しかし、自己顕示欲の強いこの男ならむしろ自慢しそうな話を、ことさら言いにくそうにしているのには、わけがあるに違いない。

サリエルの性格からそう推測して、セイリアが尋ねた。

「その古文書はどこにあるのかしら?」

どうやら図星であったらしい。サリエルは目に見えて挙動不審《きょどうふしん》に陥った。

「わ、私の家に代々伝わる古文書を長年の研究で解読したのだ! 嘘じゃないぞ!」

「あなたに古代文字を解読する素養はない。だからあなたがこの城の秘密を知ったのも、以前亜神エノクの遺跡を見つけたのも、古文書からではない」

セイリアは優秀な魔法士であると同時に、古代魔法の研究家でもある。

ゆえに、ダイバーギルドでは古代遺物の管理を任されていて、ともに作業する仲間の知識レベルも知悉《ちしつ》していた。

セイリアの知るかぎり、サリエルの知識は宮廷魔法士としても、下から数えたほうが早いレベルであった。

「――いい加減なことを言ってると殺すぞ？」

殺気をみなぎらせたレーヴェがサリエルの鼻先に槍を突きつけると、サリエルの虚勢が消える。

もともと事務屋で実戦経験の少ない男だ。超一流の戦士であるレーヴェの殺気を受け止める度量など持ち合わせているはずがなかった。

「ささ、さ、宰相様だ！　フリギュアの宰相様が禁書の解読に成功して私に命じられたのだ！」

「王家封印の禁書に手を出したのか？　あのルードヴィッヒが？」

フリギュア王国宰相、ルードヴィッヒ・ゲオルグ・フォン・デーニッツは前身が宮廷魔法士で、エルロイが黒幕候補の一人として想定していた人物であった。

なるほどサリエルを陰から操るにはうってつけの男である。

最悪国王その人が黒幕である可能性も考えていたが、ルードヴィッヒでも十分性質《たち》の悪い相手であることに変わりはない。

「禁書に手を出したのがルードヴィッヒの独断なら、失脚どころか処刑ものだぜ？」

レーヴェは愉快そうに嗤ったが、苦々しそうにセイリアは首を横に振る。

「……もう今からでは間に合わない。おそらくすでに軍はフリギュアを出立《しゅったつ》しているはず」

禁書とは要するに、制御に失敗した場合、深刻な災害を引き起こす可能性のある古文書のことだ。

かつて古代魔法の暴走がもとで一国が滅んだことがあり、フリギュアでもそうした禁書は厳重に封印が施され、その開封には王室の許可が絶対に必要であった。

証拠を揃えて王に訴えれば、ルードヴィッヒを逮捕に追い込むことは可能であろうが、いかんせん時間が残されていなかった。

「我々の同志はワルキアの宰相たちだけではないぞ？　今からでも遅くない。勝ち目のない戦いは止めるのだ！」

ここぞとばかりにサリエルは訴えた。

実際にサリエルは味方の勝利を疑ってはいないが、そのために自分が死ぬようなことは絶対に避けなければならなかった。

死んでしまっては不死の秘術も栄光も、自分ではないほかの誰かに与えられてしまう。

そんなことを許せるはずがなかった。

「勝ち目があろうがなかろうが、堕神ジェイドなんか復活させてたまるかよ」

「――なぜそれを知っている？　貴様いったい何者だ？」

エルロイの思わぬ独白にサリエルは目を剥いた。

まさにそれは計画の核心――ごく一部の者だけで情報を秘匿していた、神へと至る計画の本体であったからだ。

「そう言いながら、実は勝つ気なんだろ、エル」

愛おしそうなレーヴェの優しい微笑に、エルロイはすっと目を逸らした。

レーヴェの気持ちもわからないではないが、自分がこうした扱いを受けるのは何かが決定的に間違っている気がした。

「エル、だと――まさかエルロイ！　貴様なのか⁉」

「にゃ、にゃんのことかひら？」

「お前の、そういう嘘のつけないところって可愛いと思うぜ？」

「余計なことを言ってんじゃねえよ！」

ひどく居心地の悪いレーヴェの台詞に、顔を真っ赤にして反論するエルロイ。

サリエルは憎悪の炎すら燃やして猛《たけ》り狂《くる》った。

「返せ！　それは私のものだ！　私が手に入れるはずだった神への手掛かりなのだぞ！」

ルードヴィッヒから直接命じられて機密に関わっていたサリエルは、禁書の内容をかなり正確に把握している。

あのマーガロックダンジョンから転送されたエルロイの魂が、エノクの依《よ》り代《しろ》に乗り移った可能性についても、早い段階で承知していた。

しかしまさかエルロイがエノクの子孫であるとは思わなかったから、十中八九まで魂が適合することはあるまいと思っていたのだ。

もしエノクの予備身体が一般人でも適合するものであれば、それだけでも不老不死に近づくことが可能であった。もちろん実際は、エルロイがエノクの子孫であるからなのだが。

「なぜだ？　なぜ貴様にばかりそんな幸運がっ！」

サリエルはあまりの憤怒に、正気を失いそうなほど興奮していた。

これほど努力してきた自分が報われず、望んでもいない者がただの偶然でそれを手に入れるという理不尽など許されるはずがない。

思えばダイバーギルドで初めて会ったときから、エルロイという男が気に入らなかった。

痩身で陰気なサリエルは少年時代から友人も少なく、決して人に好かれるタイプとは言い難かった。

逆にエルロイは何もしなくても、ただいるだけで傍に人が集まるタイプである。

幼くしてサリエルは優秀な人材として将来を嘱望《しょくぼう》されていたものの、同時に自分の力では追いつけない天才が存在するということに気づくのも早かった。

たとえば槍匠レーヴェ、氷炎の魔女セイリア、そして神速エルロイ。

彼らは並外れた修練だけではなく、持って生まれた天賦の才という、サリエルがどれだけ望んでも決して手に入れられないものを所有していた。

さらに実現不可能と思われた魔族領域の開拓、そして手に入れた新たなダンジョンにエノクの遺産が秘蔵されているという幸運まで……。

人に好かれるカリスマ、大陸一とも謳われる武の才能、さらに万人に勝る幸運を与えられることなどあっていいのか？　天はどこまでえこひいきをすれば気が済むのだ？

「認めぬ……その身体の価値を理解できるのは私と宰相閣下だけだ！　返せ！　お前のものでないその身体を返せええええええ！」

「阿呆が。前の身体を返せばいつでもくれてやるわ。そもそもお前が俺を殺さなければよかっただけの話だろうが！」

サリエルにとっては正しい意見であっても、見方を変えればただの独《ひと》り善《よ》がりとも言える。

エルロイを殺したのはサリエル本人であり、現在の状況にエルロイはなんの責任もないのだから。

「俺が聞きたいのはお前のくだらん願望じゃない。ルードヴィッヒとフリギュア王国軍の今後の動きだけだ」

「素直に話すとでも？」

自分の悲願をくだらないと言われ、サリエルは大いに気を悪くして鼻息も荒く断ろうとした。

「話さないならお前に利用価値はない。この場で殺す」

すっと剣を突きつけ、淡々と無造作にエルロイは宣告する。

そのあまりに静かな殺気に、サリエルはその言葉が嘘ではないことを悟った。悟らずにはいられなかった。

エルロイもレーヴェも、サリエルの裏切りによって殺された仲間の断末魔の声を、その耳で聞いている。利用価値がないなら殺すことに、ためらいがあるはずもなかった。

「わ、私を殺せば遺跡の秘密は永遠に失われるのだぞ！」

エルロイは即答する。

「そんなものとっとと失われてしまえば、余計な争いも生まれないんだ」

なんという無知蒙昧《むちもうまい》な男だ。

古代世界が滅びて以降、失われた文明を復元するために人類は気の遠くなる長い年月を費やしてきた。それでもなお復元できた古代世界の技術は、全体の一割にも満たないであろう。

神との合一を可能とするこの技術は、そうした果てしない断絶を一気に縮めてしまうことを可能とするものなのだ。

にもかかわらず、目の前の男たちがその価値を無価値と断じているのが、サリエルには理解できない。

「セイリア！　君にならわかるだろう？　古代の叡智《えいち》を失うわけにはいかないのだ！」

「私の探していた知識と違う。別になくなってもいい」

興味のなさそうなセイリアの言葉に、サリエルはがっくりとうなだれた。

もはや誰ひとり味方はおろか、理解者すらいないと思い知らされたのである。

「フ、フリギュア王国軍は、近衛を除いて全軍がワルキアを目指して進軍している。その数はおよそ五万。ワルキアの全軍を合わせても二万もいくまいが――」

攻者三倍の法則という言葉がある通り、五万ではワルキアを攻め落とすに十分とは言えない。

「エステトラスほかの同盟軍がおよそ一万、さらに第二公子を中心にワルキア貴族が五千ほどこちら側につく。戦力差が四倍では利かんよ」

だから諦めて降伏しろ、と言いたいサリエルであったが、効果のないことはすでに身にしみてわかっていた。

「まさか我が国に、不死に目がくらむ阿呆がそれほど多かったとはな」

ルーデンドルフは苦々しそうに顔を歪めた。

「不死は人類の夢なのでは？」

「不死になれば食べなくてよいのか？　眠らなくてよいのか？　不死同士が戦うことになればどうなる。目玉をえぐり、舌を抜かれても死ぬこともできぬ。いっそ殺してくれと誰もが懇願《こんがん》するだろうよ」

そんな誰もかれも不死にするつもりはない、と言おうとしてサリエルは口をつぐんだ。秘密が漏洩してしまえばこの世に不死者が溢れる。

そして死ぬ者がいなくなれば、人口が爆発することに遅ればせながら気づいたのである。

サリエルの想定では、不死の神となるのは自分とルードヴィッヒだけのはずであった。

「国境警備隊を今から呼び戻すのは間に合いますまい。最悪公都守備隊と騎士団だけでフリギュアと戦わなくてはなりません」

ベルンストは深刻そうに独語した。

そうなれば四倍どころか六倍以上の敵と戦うことになってしまう。抵抗しても無駄だというサリエルの言葉も決して誇張とは言えなかった。

「一騎当千のダイバーギルドの精鋭を忘れてもらっちゃ困るな！」

そう言ってやわらかな微笑みを浮かべたエルロイに、ベルンストは思わず見惚れた。

ダイバーギルドのトップだというこの人についていけば何とかなるのではないか？

無条件に人を信頼させるカリスマ性、それこそがエルロイの持つもっとも凶悪な武器だった。

少女になった今も、その凶悪さは健在どころかむしろ増したようにも感じられる。

「ご厚意に感謝します。あなたはワルキアに遣わされた女神でおいでだ」

ベルンストは咄嗟にエルロイの手を取って、その瞳を熱っぽく覗き込んだ。

初めて会ったときには痴女と勘違いしたことも忘れて、ベルンストはエルロイの魅力の虜《とりこ》になったと言っていい。

もっとも、そんな熱い視線にさらされたエルロイはたまったものではなかったが。

（そんな目で俺を見るなあああああっ！）

「放せ！　ベル！　エルはお前には渡さんぞ！」

疾風のように身体ごとレーヴェが割って入ったのはそのときだ。

敵意も露わに、レーヴェはベルンストを突き放してエルロイを片手で抱き寄せた。

ベルンストに握られていた手が離れ、熱い視線が遮られたことに、エルロイはほっとため息をつく。

自分を女として求める男に対して、冷静に対処できるようになるにはまだまだ時間がかかりそうである。

しかしなぜかレーヴェに対しては、羞恥心はともかく嫌悪感が薄いことをセイリアは敏感に感じ取って、不満気に頬を膨らませた。

「……レーヴェ、あなたも離れて。エルちゃんはまだ男性に慣れてない」

「お、おう、すまん」

想いを寄せてはいるが、エルロイの嫌がることをする気のないレーヴェは、ぎこちなく少女の柔らかい身体から手を放す。

その思春期の少年少女のような微笑ましい光景に、ベルンストは噴き出すように笑った。

「おいおい、本当にあのレーヴェか？　いい歳した男が頬を染めるな、気持ち悪いっ！」

「てめえこそエルをいやらしい目つきで見るな！　エルが汚れる！」

「二人とも、今はそんなこと言ってる場合じゃないっ！」

顔を真っ赤にして肩を怒らせるエルロイを、背後からすっぽりとセイリアが抱きしめた。

女性としては長身の部類に入るセイリアに、エルロイの小さな身体は簡単に埋まってしまうのだ。

「あ、あの……セイリアも離れてくれるとありがたい……かな？」

スレンダーながらも確かに自己主張する柔らかい双丘が、エルロイの背中に当たっている。

「女同士なんだから気にすることないわ」

「都合のいいときばっかり同性を主張してんじゃねえ！」

ここぞとばかりに、スキンシップを図るセイリアにレーヴェが切れた。

「――いい加減にしないと、騎士団全軍でしばくことになるぞ？」

こめかみに血管を浮き立たせて静かに怒るルーデンドルフを、誰も責めることはできなかった。

「さて……先鋒であるお前たちが壊滅しても、フリギュアは作戦を変更することはないのか？」

「すでに第二公子が決起しているこの状況で？　そんなことをすれば、このワルキアに侵攻する機会は二度と失われてしまう」

すなわち退くという選択肢はありえない。それだけの不退転の決意を固めているとサリエルは言っているのだ。

「厄介なものだな。狂信者というものは」

勝利かしからずんば死か。そんな決意をした連中と戦うのは、歴戦の戦士であるルーデンドルフであっても気の重い話であった。

「――それでフリギュアがやってくるのはいつだ?」

ほとんどフリギュアの全軍である五万という大軍が、兵站《へいたん》に与える負担は並み大抵のものではない。軍隊というものはただ移動するだけで大量の物資を消耗し、様々な煩雑《はんざつ》な手続きを必要とするのである。

一般的に考えてその準備と実行には、一週間から半月ほどかかってもおかしくはなかった。

「早ければ……今日にでも」

サリエルの言葉に、エルロイたちはわかっていたつもりでも、まだまだ敵の執念を甘く見ていたことを実感した。

†

フリギュア王国軍五万を率いるのは、大将軍であるエルンスト・マッケンゼン伯爵《はくしゃく》であった。

もうじき一線の指揮官を務める体力を失うであろう年齢で、ワルキア侵攻を任されて最後に一花咲かせることができるのは僥倖《ぎょうこう》である。

こうしてエルンストは意気揚々と、困難であろう任務を拝命したのだった。

「サリエルは捕らえられたか。全くあの素人め」

宰相ルードヴィッヒの命令であるとはいえ、サリエルに軍の指揮を任せることにエルンストは反対であった。

何やらワルキア国内でも工作が進んでいるようだが、軍事行動において何ひとつ誤算が生じないということはありえない。必ず起こる不測の事態をどのように捌くことができるかで、その指揮官の力量が問われるのである。

宰相ともあろう人が策士策に溺れたか、とエルンストは思ったが、宮廷政治の天才ともいえるルードヴィッヒにそれを言う度胸はなかった。

「国境のワルキア軍の掃討を完了しました」

「ふむ、サリエルを敗った連中はいなかったか」

動き出した五万の大軍は、国境警備兵程度ではその歩みを遅らせることすら難しい。

「欲を言うならば、対等に正面から戦ってみたかったが……な」

戦う前に勝敗を決するのは大戦略の基本である。

その点に関してエルンストはルードヴィッヒの手腕を正しく評価していた。しかしそうした正しさと、武人としての願望は必ずしも一致するとは限らないのだ。

ワルキア公王ルーデンドルフは生きた伝説そのものといってよい人物である。

少なくとも現在、彼は大陸で公認されている唯一の竜殺しだった。

まだ先代の第三公子として身軽であったころのルーデンドルフは、大陸中を股にかけ戦いに明け暮れる傭兵であり、ダイバーでもあった。

ニーベルングの竜殺しの冒険譚は、今なおもっとも吟遊詩人が好んで謡う。

軍の指揮能力であればともかく、一騎討ちでルーデンドルフに勝てるとはエルンストは欠片も思っていない。

それでもあの英雄王と戦場で手を合わせてみたいというのは、叶うはずのない騎士としての夢であった。

「この分では我らに味方するという第二公子もどうなっているかわからんぞ。軽装歩兵を先行させて、ワルキアの情報を収集しろ」

個人の願望より優先すべき現実があることをエルンストはよく承知している。

何よりルードヴィッヒの入れ込みようから考えて、まかり間違って敗北でもしようものなら、エルンストの将来が恐ろしいことになるのは目に見えている。

「索敵《さくてき》を厳にしろ！　奇襲を絶対に許すな！」

大軍であるがゆえに、フリギュア王国軍は指揮中枢を無力化されると影響が大きい。

もし立場が逆であれば敵の本陣に乾坤一擲《けんこんいってき》の奇襲をかけると考えて、エルンストは通常の三倍の斥候《せっこう》を送り出した。

その厳重な警戒は、ついにオノグル城に到着するまでワルキア軍の奇襲を許さなかったのである。

「さすがはエルンスト大将軍だ。付け入る隙がない」

苦い顔でルーデンドルフは敵将を賞賛する。

サリエルの証言を聞いたワルキア軍は、すぐにフリギュア王国軍の動向を掴むことはできたが、分厚い哨戒網《しょうかいもう》をくぐり抜けることはできなかった。

エルンストが想定したように、当然ルーデンドルフも敵本陣に対する奇襲は検討した。

それは敵味方ともに、もっとも損害を少なく戦争を終える方法である。

しかし大軍が大軍たる利点を生かして、数の暴力に物を言わせたなら、寡兵のワルキア公国軍には為す術《すべ》がない。

「思ったより貴族たちの離反が多いですね」

息子の言葉にルーデンドルフは鷹揚《おうよう》に頷いてみせた。

「この戦力差だ。日和見《ひよりみ》どもがあちらにつくのも無理はないさ」

当初フリギュア側についた貴族は少なかった。しかしマウリッツとターリッシュが手を組み、しかもフリギュアが総力を挙げて攻めてきたことが知れ渡ると、中立の中小貴族が雪崩《なだれ》を打って反乱勢力に加担したのである。

国内の反乱軍が本陣としたのは、代々のワルキアの支配者が眠る霊廟《れいびょう》であった。

「遺物の封印を解くには王族の血とキーワードが必須。フリギュア王国も我らを粗略《そりゃく》に扱うわけにはまいりますまい」

得々とした顔で、宰相のターリッシュはマウリッツに笑いかけた。

「う、うむ……だが、私はそのキーワードというのを父に教えられておらぬ。それを知られてはまずいのではないか?」

甘い言葉で持ち上げられてはみたものの、マウリッツには国を背負う覚悟もなければ為政者としてすべき仕事もわかっていない。

生まれて初めて父に逆らってはみたものの、殺されそうになったこともあって、今さらながら腰が引けているのがターリッシュには歯がゆかった。

(まったく、この腰ぬけの能なしめがっ!)

兄ベルンストと違い、甘やかされ肥満した丸い肉体としまりのない爬虫類《はちゅうるい》のような目をしたマウリッツは、明らかに王の器ではない。

だからこそターリッシュはマウリッツを傀儡《かいらい》に選んだのだが、ことが成るまでに態度を変えられてはたまったものではなかった。

「心配するようなことは何もありませぬ。万が一公王と公太子が同時に亡くなられたときのため、キーワードはこの霊廟に秘匿されているのですから」

わざわざ霊廟に本陣を置いたのはそれが理由である。

フリギュアの助けを借りてあの英雄王を打倒し、そしてマウリッツの血とキーワードを交渉材料に、自分もまた不老不死を手に入れる。

そのためにはマウリッツを手放すわけにはいかないのだ。

「御覚悟を決められませ。万が一敗北するようなことがあれば、陛下は間違いなくマウリッツ殿下を殺すでしょう」

ターリッシュに言われて、マウリッツは闘技場で見た父の冷たい目を思い出した。

肉親の情を捨て去った為政者の目。期待を裏切り続けるマウリッツを、今まで叱咤しながらも愛してくれた父の目ではなかった。

そして最後に向けられた、魂の底まで凍てついてしまうような殺気！

死にたくない、絶対に死にたくない！

本当に父に許してもらえないのならば、どんな手を使っても勝利するしか方法はないにもかかわらず、マウリッツは生まれて初めて目の当たりにした、英雄王ルーデンドルフの本気への恐怖を払拭《ふっしょく》できずにいた。

今さらながら、あの父に逆らったのは間違いだった気がしてならなかったのである。

†

ワルキアは独立して百年と経過していないこともあって、公都トゥルゴーは比較的新しい魔法防御と縄張りで構築されていた。

その堂々たる威容と高度な戦術的防御力は、大陸でも五指に入るかもしれないとエルンストは考えた。

「敵はせいぜい五千といったところか」

「合流を図る貴族がいないとは限りませんが、現状では妥当なところかと」

城壁に展開するワルキア公国騎士団はいささかの動揺も見せず、静かにこちらの攻撃を待ち構えている。

雲霞《うんか》のごとく広がる圧倒的多数の敵を前にして、これほど粛然と統率できる人間が果たしてどれほどいることか……。

さすがはルーデンドルフだと、エルンストは一人頷いた。

「閣下！　何か城壁に出てまいりましたが……？」

副官の言葉に、エルンストは何やら騒がしくなってきた城壁を見上げた。

「は、放せ！　こんな屈辱、私は認めんぞ！」

肩を両脇から押さえられ引きずられてきたのは、誰あろうサリエルだった。

エルロイたちからすれば、素直に尋問に答えれば命までは取らないと約束したものの、無事に返すとまで約束した覚えはない。

「覚えていろよ！　私が神の力を手に入れたそのときは――」

「いいから黙って聞け」

後頭部を容赦なく殴られたサリエルは、無言のまま悶絶《もんぜつ》した。

「我がワルキア公国を侵す無法者どもに告げる！」

ルーデンドルフが深紅のマントをなびかせて、城壁から突き出るようにしてあつらえたバルコニーから語る。

敵も味方も、誰もがその姿に惹かれ、耳を傾けずにはいられなかった。

味方もなく、たった一人で竜を殲滅したただ一人の男である。その名を知る者は誰もが、少年の日に胸を熱くさせた伝説の中の人物だ。

「宣戦の布告もなく、大義もなく、数さえ揃えば勝てると考えている愚か者よ。このワルキアで貴様らの流儀が通じると思うな？」

実際のところ、フリギュア王国はいくつもの外交的儀礼をすっ飛ばしてしまっていた。

本来なら公王を暗殺したうえで、マウリッツの即位を支援するという名分があった。しかし、ルーデンドルフが生き残った今、その名分は使えなかった。

「さすがは英雄王、絵になる姿だ。しかし今は全盛期の力の半分もあるまい」

年齢から来る衰え、何より公王という激務の職責上、実戦から長く遠ざかっている。これは致命傷である。かつての強さが失われていることを、エルンストは正しく洞察した。

「己の欲望のままに古代の封印を解かんとする浅ましき者どもよ！　これが貴様らの未来を知れいっ！」

そう言い放ったルーデンドルフは剣を抜き、一呼吸でサリエルの両腕――義手の左腕と生身の右腕を切断した。

「ぎゃあああああああああっ！」

猛烈な痛みを覚え、切断された腕を反射的に押さえようとするが、押さえるべき腕はすでにない。

血を噴き出しながらのたうちまわるサリエルに、神官騎士が駆け寄り止血のための治癒魔法が施した。

「約束通り命は取らぬ。その身体で本当に不死を望むか、もう一度考えてみるのだな」

「許さん……神となる私が……私がどうしてこんな目に！」

「そういう台詞は神になってから言うんだな」

ひとまず治療の終わったサリエルに向かってあごをしゃくると、神官騎士たちがサリエルをまるで猫のようにひっつかんで、城壁の外に追い出した。

「さて、この犬をそちらに返そう。お前たちがそうならないよう祈るのだな！」

放逐されたサリエルをそのまま放っておくわけにもいかない。

エルンストは副官に命じてサリエルの回収を指示した。

おそらくは任務に失敗したあの男をルードヴィッヒは許さないだろうが、元宮廷魔法士でもあるし、ここで勝手に処分するわけにもいくまい。

「長引かせたくないものだな……」

待ち望んだ戦とはいえ、エルンスト自身も気乗りのしない面もあった。

大義のない戦いだということは、百も承知だ。

戦いは奇をもって勝つとはいえ、最低限守るべきルールがあり、そのルールを破った場合、たとえ勝ってもろくでもない結果になるのが常である。

それでも国王が裁可し、宰相が命じれば従わないわけにはいかないのだ。

果たしてどこまで自軍の兵士の士気が保てるか、エルンストは危機感を覚えずにはいられなかった。

「攻城部隊に前進を命じよ。魔法士は支援に当たれ」

エルンストは敵を侮っているつもりは毛頭ない。むしろ厳しい戦いになることを覚悟し、手痛い損害が出るであろうとも予想していた。

相手は名にし負う英雄王ルーデンドルフ。間違っても油断などできる男などではなかった。だがさすがのエルンストも、ルーデンドルフと彼に味方するダイバーたちを、常識の範疇でしか見ていなかったのである。

わずか五千程度のワルキア公国軍に対し、公都トゥルゴーを包囲した軍勢は五万七千。

到底士気や練度では抗しきれぬ数だ。

兵の士気や練度は一定の交換比率で戦力比に換算されるが、その比率は決してそれほど大きいものではないのである。

だからこそ、防御施設に拠《よ》ったワルキアは守る。そしてフリギュアが攻めるというのは、エルンストにとって当たり前の戦術だった。しかし。

「城門、開けえええええっ！」

響き渡るルーデンドルフの大音声を、エルンストは信じられぬ思いで聞いた。

「い、いかん！　魔法士を下げろ！　歩兵は方陣を組み直せ！」

当然のことではあるが、平野で野戦を行うのと城を攻めるのでは陣形も戦術も全く異なる。

城門や城壁破壊のための工兵や、火力支援のための魔法士部隊は、野戦において接近されるとほとんど防御力のない兵科なのだ。

ルーデンドルフの突進を護衛の歩兵が阻止できなければ、陣の中央が蹂躙され壊滅してしまうのは火を見るより明らかだった。

心理的に攻める側でいた兵卒が、一転守りに回らなければならない、すなわち自分が狩られる側になったのだと理解するには、わずかだが一定の時間が必要であった。

もちろんルーデンドルフは、そのような敵の心理的陥穽《かんせい》を見逃すような男ではなかった。

「吶喊《とっかん》せよ！　続けえええええええいっ！」

「うおおおおおおおおおおっ！」

もとより精強さでは大陸でも上位を争うワルキア騎士団が、主君とともにひとつの塊となって、硬直したフリギュア軍を襲う。

「竜殺砲！」

竜殺しだけが持つルーデンドルフのスキルが、必死に防御を固める歩兵たちに突き刺さった。

ほとんど人とも思えぬ膨大な気が膨れ上がり、ドラゴンのブレスに似た青いエネルギーの奔《ほん》流《りゅう》がなぎ倒した数、およそ百以上。

たった一人で万余と戦う『万人敵《ばんじんてき》』が具現化していた。

「うわあああああああっ！」

「ひるむな！　重装歩兵、押しとどめろ！」

対魔法付与を受けた盾を掲げ、重い鎧に身を固めたフリギュア歩兵が列をなして前進を開始する。

しかしそれは、移動速度の遅い歩兵を展開させたために、フリギュア王国軍から戦術的柔軟性を奪うものでもあった。

「突っ走れええええええええっ！」

次の瞬間、エルロイたちダイバーを中心とする別働隊およそ百名が、城門から西の方角に陣を敷いた、ターリッシュ率いる反乱軍めがけて移動を開始した。

「……逃げたのか？　まさか……反乱軍と合流するわけは……」

たった百ほどの寡兵、しかも明らかに正規軍ではなさそうだということで、エルンストはその目的を掴み損ね、放置することにした。

何より目の前のルーデンドルフに集中しなくては、十分の一以下の戦力に敗北を喫するのでは、と疑ってしまうほどの猛烈な圧力に対峙《たいじ》していたのだ。

「ルーデンドルフを討ち取ればその瞬間に戦は終わるぞ！　退路を断って押し包め！」

圧倒的多数のフリギュア軍からすれば、その数を利して包囲殲滅するのは用兵の常道である。

ルーデンドルフの存在の巨大さが、このときエルンストの判断を誤らせたのだが、そのことに気づくにはもう少しの時間が必要であった。

「こちらに向かってくるあの軍勢はなんだ？」

「さて……騎士団ではないようですし、あるいは投降やもしれませんな」

マウリッツとターリッシュの会話がいささか緊張感を欠いていたのは、圧倒的なまでの戦力差があったからだ。二人がほとんど実戦経験のない素人であったことも大きい。

適切に迎撃すればまだ戦いようがあった反乱軍は、このとき自ら墓穴を掘ったのである。

「おいおい、あいつらちっとも足を落とさないぞ?」

「まさかあれっぽっちで突っかかる気じゃあ……」

そもそも反乱軍に公王に逆らうべき正当な理由はなく、士気は低かった。

彼らは組織上、上司の命令に従っているだけで、たとえば革命軍のように国家転覆の理想に燃えているわけではないのである。

ただトップだけが、遺跡と王位と言う甘い果実を独占する夢を見ているのみだ。

当然の結果として、受動的な対応にならざるをえなかった反乱軍に叩きつけられたダイバーの鉄槌は、衝撃以上の何かを彼らの魂に刻み込んだ。

「神速四の太刀、乱《みだ》れ朧《おぼろ》」

相変わらず速度に物を言わせて先頭を切るエルロイの剣が、呆然《ぼうぜん》としたままの兵士を正体のわからぬ肉塊に分解する。

それに遅れじと、二歩後ろから迫るレーヴェの遠当てが、問答無用に数人の兵士の土手っ腹を貫いた。

いつもならもっと後方に控えているはずのレーヴェが、自分と並ばんばかりに必死についてくることに、エルロイはくすぐったい思いを隠せない。

「凍てつく女王の口づけ《ブリザードクイーンズキス》」

セイリアの詠唱が終わると、氷精が優しく敵の兵士たちに口づけをして、一切の苦痛もなく彼らを美しい氷像に変えていく。

ふと、一体の氷精がふらふらと彷徨《さまよ》うようにレーヴェに近づいていく。動物的な勘でレーヴェはその精を叩き落とした。

「てめえ、セイリア！　味方狙ってんじゃねえぞ！」

「ごめん、ちょっと手元が狂っただけ。他意はない……チッ」

「他意ありまくりじゃねえか！　チッてなんだよ！　チッてよおおっ！」

「お前らいい加減にせえよ……」

大きく動揺した反乱軍が再び秩序を取り戻す前に、豪腕ロバートと鉄人ギョームが破壊の暴虐を開始した。

豪腕ロバートが使う斧は優に五十キロ以上の巨大な鉄の塊である。一度斧が振り下ろされれば重装歩兵の盾だろうがなんだろうが、豆腐のように切り裂かれた。

そして鉄人ギョームが振るう鉄槌は百キロを優に超え、その重量だけで人が赤黒い染みとなっていく。

あまりに凄惨《せいさん》な死にザマに、兵士たちの間に恐慌が広がった。

「うろたえるな！　たかが百人程度の小勢に押し込まれるとは恥辱の極みよ！」

「たかが？　ダイバーを舐めないでよね」

「貴様……いつの間に！」

変幻自在の変装で潜入していた魅了のアルラウネによって、数少ない勇気ある戦術指揮官が暗殺されると、もはや恐怖の連鎖は止めようがなかった。

「裏切りだっ！　裏切り者がいるぞ！」

「馬鹿者！　これは敵の計略だ！」

「うわっ！　やめろっ！　そんな斧……反則だ……ぎゃあああああっ！」

七千に届こうかという大軍勢が、たった百名ほどの非正規軍に好き放題に蹂躙《じゅうりん》されていた。

「何をしている！　たった百人くらい片づけられんのか？」

不愉快そうにターリッシュは叫ぶ。

しかし七千という大軍はその実、組織力も忠誠心もない烏合《うごう》の衆にすぎないことを、本来もっとも危機感を覚えてしかるべきトップが何ひとつわかっていなかった。

「こ、こんな化け物たちと戦っていられるか！」

マウリッツに国内の貴族が味方したのは、こちらのほうが勝てると思ったからにすぎない。

自分の安全のためにすり寄っただけなのだから、危険になればたちまち逃げ出すのは当たり前のことである。

まるで立ち向かってはならない自然災害のような傍若無人《ぼうじゃくぶじん》さで、エルロイたちが迫ってくるに及び、ようやくターリッシュも状況を察した。

「しまった！　奴らの狙いはこの霊廟の奪取か！」

この一連の陰謀がオノグル城下に眠る遺跡に収斂《しゅうれん》していることをエルロイは知っている。

すなわち、ワルキア王家直系のマウリッツの身柄、あるいは霊廟のパスワードを失えば反乱軍はたちまち瓦解《がかい》するであろうことを。

そうなれば、封印の鍵であるルーデンドルフとベルンストを傷つけることができなくなる。

竜殺しであるルーデンドルフを相手に手加減しなくてはならないなど、拷問《ごうもん》にも勝る難事であった。

「と、とにかく時間を稼げ！　殿下、私についてまいられよ！」

「だ、大丈夫なのか？　早く逃げたほうが……」

「今ここで逃げれば待っているのは破滅だけですぞ！　お早く！」

相変わらず腰が引けたままのマウリッツを追い立てるように、ターリッシュは霊廟の中へと急いだ。

そんな状況で兵士たちの士気はますます低下した。

「来るな！　こっちに来るなあああっ！」

「魔法士部隊は何やってるんだ？」

戦闘の最初に無造作に接近を許し過ぎた結果、魔法士部隊の火力支援が事実上不可能となっていた。

敵味方が入り乱れた白兵戦では、魔法士は体《てい》の良い鴨《かも》でしかないのである。

このときになって、エルンストも反乱軍の醜態《しゅうたい》とワルキア軍の目論見に気づいた。

「くそっ！　使えない味方は敵より始末が悪い！」

ただでさえワルキア騎士団に苦戦している現状で、反乱軍の面倒まで見なくてはならないなど悪夢でしかない。しかし、見捨てるわけにはいかないのも事実であった。

「二千ほど援軍に回せ！　最悪第二公子だけ助けて戻ってくればいい！」


霊廟にはルーデンドルフの祖父に当たる建国の王とは別に、もともとこの地を支配していた代々のワルキア家の先祖が眠っている。

薄暗い地下に並べられた墓標は非常に簡素なものだが、重厚な威厳に満ち、騎士の家系らしく剣の意匠《いしょう》を施されていた。

「だがここには、一人だけ王家に関係のない者が葬られております……」

ターリッシュはライトの魔法で足元を照らしつつ、ひっそりと佇《たたず》む小さな墓石に近づいていく。

「だ、誰の墓なのだ？　それは……」

「建国の功臣、軍師ミヒャエル――ワルキア公国初代宰相となった男です」

子を残さなかったためミヒャエルの血統は失われたが、代々の宰相にのみ語り継がれてきたのがキーワードの隠し場所であった。

「殿下、こちらの水晶を覗いてくだされ」

大理石で出来た墓石に嵌め込まれた紫色の水晶。

王家の直系でなくては何の意味もない行為だ。これに、宰相に伝えられる起動パスが加われば……。

「接続《アクセス》」

「うおっ！」

反射的にマウリッツは身をのけぞらせた。覗いていた水晶の内部がにわかに輝いて、何か不思議な映像を結ぼうとしたからである。

「殿下、その水晶にキーワードが映されているはず。ご確認を」

「う、うむ……」

どうやら害がないらしいと知って、マウリッツは再び水晶に顔を近づけた。

「書いてある字がおわかりですか？」

「明るすぎてよく見えん……トリ……オメス……ラ……」

愚かではあるが愚かなりに、マウリッツはこのキーワードこそが自分を保護してくれる切り札であることを承知していた。

水晶の輝きの向こうに刻まれた文字を、マウリッツは必死の思いで凝視した。

「……ドス……オスラトス……！」

読めた。これで遺跡のキーワードが我が物に、とマウリッツが相好《そうごう》を崩したときである。

来てはならぬはずの者——エルロイたちが霊廟に現れたのは。

「——ぬか喜びにさせて悪かったな」

「なん……なんだお前は！　味方はいったいどうしたんだ？」

「どうするも何も、戦おうとする連中なんてほとんどいなかったじゃないか」

子飼いであるはずの第三騎士団の連中ですら、まともに戦ったのは半数以下だった。

今は鉄人ギョームほかのメンバーが霊廟の外で、フリギュア軍を相手に奮戦中である。

「殿下っ！　こちらに！」

「遅えよ」

短く吠《ほ》えるように言ったのはレーヴェであった。

「ベルンストや陛下を家族殺しにするわけにはいかんのでな」

実は、自らマウリッツを討とうとするルーデンドルフをレーヴェが押しとどめたのである。

レーヴェは幼なじみとその父が、家族の血で汚れることをよしとしなかった。

為政者は、とくにルーデンドルフのようなカリスマは、恐怖で支配する独裁者と違い、汚れを纏うべきではない。

「――要するに、お前らに遺跡を渡す気はないってことさ」

静かな怒りと闘志とともに、エルロイは独り言のように呟いた。

独り言に見えたのは、呟き終わったときには全てが終わっていたからである。

ターリッシュのもとへ駆けつけようとしたマウリッツは、彼の目の前で、自分に何が起きたのかもわからぬままに首をゴトリと床へ落下させた。

「で、殿下あああああっ！　なんということを……おのれ魔女め！　高貴な血筋に血を流させぬ礼儀を知らぬか！」

王族の処刑はできる限り流血を避けるのが大陸の習慣であることは、エルロイも知らないわけではなかった。

ただ、その必要を認めなかっただけである。

礼儀を払われる人間にはそれなりに果たすべき義務というものがある。その義務をマウリッツは果たしていなかったのだ。

「ああ……人類の悲願が……わしの、生涯の夢が……」

そして、こんな状態になっても諦められないとでもいうように、虚空に手を伸ばすターリッシュの首を、レーヴェの槍が無造作に横薙ぎに斬り飛ばした。

「……終わったか」

霊廟のほうからエルロイたちが派手に退却を開始したのを見て、ルーデンドルフは人知れず瞑目《めいもく》した。

愚かではあったが、導く者が良ければ善にも染まる流されやすさをもった息子だった。

父として、息子を裏切り者たちにむざむざ取り込ませてしまった責任を、ルーデンドルフは感じていた。だからといって、この期に及んでマウリッツを許すことはできなかったが。

「この借りはいずれ返さねばなるまいな」

そう言ってルーデンドルフは決然と馬首を返した。

「目的は達した！　城まで一気に退くぞ！」

まるで散歩から帰るというような歓声を耳にしてエルンストは激昂する。

そんなことを許しては、フリギュア王国軍の面目が丸潰れになるのは明らかであった。

「逃すな！　このまま逃してはフリギュア王国軍の名折れぞ！」

エルンストは両翼から騎士団を出撃させて、撤退に移ったワルキア軍に噛みつかせた。

しかし、しんがりで槍を振るうルーデンドルフは騎士団の浸透を許さない。

「……まずい……下手をすれば同盟軍に見限られてしまうかもしれん」

エステトラス連邦をはじめとする同盟軍は、フリギュア王国の戦力が上だと思うからこそ協力しているのであって、フリギュアが張子《はりこ》の虎とわかればいつ裏切ってもおかしくない。

なんとか戦果を挙げなくてはならなかった。

それでも、エルンストの目から見てルーデンドルフの用兵に隙は見い出せない。

その憎らしいほどの鉄壁の防御ぶりはさすが伝説の英雄王である。

ならば――。

「三千ほどついてこい！　あの小癪《こしゃく》なダイバーどもを血祭りに上げてくれる！」

「おいおい、こんなちっぽけな集団なんか放っておいてくれよ……」

二千のフリギュア軍を突破したかと思えば、進路を塞ぐように、新たに三千のフリギュア軍が現れた。

期せずして、エルロイたちは前後を挟撃《きょうげき》される格好になってしまったのである。

「後ろに構うな。蹴散らしてひたすら前に進むまで！」

微塵《みじん》の躊躇もなくあっさりとそう決断してしまったエルロイに、安心したように仲間たちは頷く。

ダイバー広しといえども、エルロイほどの決断力と胆力を併せ持った人間はいない。

勇躍《ゆうやく》先陣を切って、レーヴェが飛び出した。

「鳳貫閃《ほうかんせん》！」

遠心力を十分に利用した薙ぎ技と突き技の連撃。あまりの速さに、同時に繰り出したようにすら見える。

正面からレーヴェに立ち塞がるものは、たちまち槍の餌食《えじき》となってその命を散らした。

「どうだ！　見てくれたかエルっ！」

「うざい、死んで」

得意そうにドヤ顔で振り返ったレーヴェの傍を、極太のレーザーのような凍気の塊が通過した。

「どえええええええええええっ⁉　しまいには泣かすぞセイリアあああああっ！」

「狙ったのはフリギュア軍、問題はない」

「もう少し危機感持てよ、二人とも！」

冗談のような会話で笑い合うエルロイたちに、仲間のダイバーも釣られるようにして笑った。

「真面目にやってくれよ、ギルド長！」

「お楽しみは帰ってからにしてくれや」

いくら精鋭を謳われても、彼らは専門の集団戦闘を行う軍人ではない。

個人の力が発揮しやすい乱戦になれば、先ほどのように無双の力を発揮するが、集団の組織戦になると途端にもろさも露呈する。

そうした仲間の不安を吹き飛ばすエルロイたちのお気楽ぶりであった。

「弓箭兵《きゅうせんへい》撃ち方始め！　連中が苦し紛れに飛び出したら、両翼から騎兵部隊で挟み込め！」

エルンストは一刻も早く叩き潰したい気持ちを抑えて、正攻法に徹した。

ダイバーたちを侮り、圧倒的多数の戦力を持ちながら敗北した反乱軍の轍《わだち》を踏むつもりは毛頭なかった。

「ペアになってお互いの死角を庇い合え！　攻撃するのは前面だけでいいっ！」

たった百人程度のダイバーたちがこの窮地を脱するためには、全員が一本の矢となって局所的優位を作り出す以外にない。

「神速五ノ太刀、螺旋《らせん》」

エルロイの一撃は螺旋状の軌跡を描いて、進行方向およそ二十メートル前方の敵軍に風穴を開けた。

ルーデンドルフのような英雄ならともかく、どうしてダイバーなどという食いつめ者たちの中にこれほどの武芸者がいるのか。エルンストは理不尽な怒りを抱く。

自分では届かない高みに、相手が達していることを認めざるを得なかったからだ。

「魔法士は撹乱《かくらん》に徹しろ。どんな化け物にも限界はある」

一度は突破を許したフリギュア軍二千が背後から追いつきつつある。

一騎当千といえば聞こえはいいが、その実一人あたりにかかる負担は計り知れない。

疲労の蓄積は、獅子を容易く脆弱《ぜいじゃく》な子鹿に変えることをエルンストは知っていた。

どっしりと腰を落として構えられると、さすがのエルロイやレーヴェでも簡単に進むのは難しい。

目に見えて失速し始めた仲間を叱咤するように、エルロイは最前線で剣を振るった。

「止まるな！　今は前に進むことだけ考えるんだ！」

城に近づけば近づくほどルーデンドルフの本隊との連携が取りやすくなる。

それまでは遮二無二《しゃにむに》前進するしかない。

「両翼を締め上げろ！　弓箭兵は横矢を途絶えさせるな！」

防御力の高い重装歩兵を前面に、左右から騎士団がダイバーたちの横腹に食らいつく。

そして側面から矢の援護射撃という見事な連携を取られ、さすがのエルロイたちも窮した。

「くそっ！　第二公子の反乱軍とはわけが違うぜ！」

レーヴェは盾を並べて戦列を組む重装歩兵を討ち倒し続けていた。しかし、その表情にはさすがに疲労の色が見え始めている。

それはセイリアも同じだ。

「セイリア、あと魔力はどれくらい残ってる？」

「おそらく一割」

敵はこちらの疲労を待って無理に仕掛けてこないため、被害は最小限にとどまっている。

ここで敵の想定を上回る一撃を与えることができれば、どうにかワルキア軍と合流できるところまでいけると思うのだが、そんな都合のいい切り札はない。

「――危ないっ！」

思考の海に沈んでいたエルロイめがけて、一本の槍が唸りを上げて迫った。

危ういところで気がついたレーヴェが弾いて軌道を逸らさなければ、エルロイの命はなかったかもしれない。

「す、すまん。レーヴェ」

「いいってことよ！　お前にはかすり傷ひとつ、つけさせやしねえからよ！」

そう言って雄々《おお》しく立ちはだかるレーヴェの背中は広く大きかった。

いつも仲間を背に庇う立場であったエルロイにとって、それは新鮮で、こそばゆいような感覚であった。

心配したのか嫉妬したのか、後方にいたセイリアも背後からエルロイを抱きしめた。

「エルちゃん、ぼうっとしてちゃだめ！」

戦場とは思えぬほのぼのした空気が癇《かん》に障ったのか、弓箭兵の射撃が二人めがけて集中する。

気を取り直したエルロイは全ての矢を一呼吸で撃ち落とした。

うん、こうして誰かを守っているほうがやはり自分には似合っている。

「――さて、主様の危機とあらば私も奥の手を使わざるをえませんな」

「カリウス？」

先刻から素手でありながら、その突出した白兵技術でフリギュア軍を圧倒していたカリウスが不機嫌そうに独語した。執事である自分ではなく、レーヴェが主の窮地を救ったことが、ことのほか腹に据《す》えかねたのかもしれない。

カリウスとカーチャは一心同体ではあるが、それぞれ近接戦闘と魔法戦闘という対極に特化している。基本的にそれは、同時に行使できないはずの力だ。

「限定解除《リミットブレイク》」

その相容れない力を無理やり解放する禁断の呪文をカリウスは唱えた。

ただでさえエルロイを上回る身体能力を持ったカリウスに、一時的に強力な魔力障壁と、炎の魔法効果が付加される。

一体の鬼神と化したカリウスを止めることなど、一介の兵士にできるはずがなかった。

全身に炎を纏ったカリウスが大地を蹴って駆け出した。

拳を叩き込まれると同時に炎に焼かれて灰となる兵士が続出すると、優秀な指揮官であるエルンストにも止めようのない恐慌が、フリギュア軍全体に波及していく。

「ここだっ！　後先考えず全力を絞り出せ！」

「おおうっ！」

エルロイは正しく勝負どころであると決断した。

この機会を失えば、結局は物量に押されて敗れてしまう。スタミナの配分など考えず、全力を出し尽くすべきであった。

「――外《げ》ノ太刀、颪斬り」

エルロイの最高速で放たれる斬撃は、ひたすら速度と手数に特化していて、急所を狙うことも防御の隙間を狙うこともできない。

しかし対応不能な速度で無数の斬撃が襲ってくる恐怖は、フリギュア兵の恐怖を増幅させるには十分だった。

「これで打ち止め。氷瀑布《アイスフォール》！」

残る魔力を集中させ、セイリアは巨大範囲魔法を混乱するフリギュア軍に叩きつけた。

極北の密度の高い氷雪が兵士に纏わりついたかと思うと、白銀の物言わぬ氷像が大量に出来上がる。

そして鉄人ギョームと豪腕ロバートが凶悪な重量武器を手に、カリウスとセイリアがこじ開けた進撃路を蹂躙《じゅうりん》した。

「馬鹿な！　こいつらいったい何者だっ？」

エルンストがうろたえたのも無理はない。

とくにカリウスの活躍はめざましく、その実力は最盛期のルーデンドルフにも匹敵するように思われたのだ。

竜を殺せるような英雄がダイバーにいるなど、想定しているはずがなかった。

「おいっ！　そこの指揮官！　俺の手柄になりやがれ！」

ひと際目立つ赤い兜《かぶと》のエルンストに狙いを定めたレーヴェを見て、エルンストは一瞬の迷いもなく逃走を選択した。

結果的にその迷いのなさがエルンストの命を救ったのである。

文字通り身体を張ってレーヴェの槍先からエルンストを守った部下によって、エルンストはどうにか後方で指揮を再編することに成功した。

しかしそのときにはすでに、ダイバーの群れは城下でルーデンドルフのワルキア軍との合流を果たしていたのである。

「――兵を纏めろ。負傷者の搬送を急げ」

一言の言い訳も許されない。

まさにフリギュア軍の大惨敗というほかはなかった。

ワルキア攻略のキーパーソンである第二公子マウリッツを失い、ルーデンドルフを討ちとることもできず、ダイバーたちにも敗れたのである。

帰国後は査問《さもん》にかけられ、軍歴に終止符を打たねばならぬことをエルンストは覚悟した。

「侮るべきではなかった……今さら言ってもせんないことだが」

奇襲に内部撹乱までしたのだ。常識で考えれば負けるはずのない戦いだが、常識外の戦力にしてやられた。

少なくともダイバーを侮っていた自分の責任は免れまい。

自嘲気味に嗤うエルンストの表情は、すでに引退した老人のように見えた。

城に引き揚げたエルロイは、カリウスの両腕の肘から先がなくなっていることに気づいて愕然とした。

「これは……どうしたんだカリウス?」

「力の負荷による反動のようなものでしてな。しばらくは使い物になりませんが、ひと月もすれば元に戻ります」

無くなった腕が元に戻るのは、もちろんカリウスが使い魔という人とは異なる魔力が具現した生物であるからである。

その言葉にエルロイはホッと胸を撫で下ろした。

もっとも、しばらくカリウスが戦力外になるのは避けられないが。

「素晴らしい武技であった。この戦いが終わったら我が国に仕官せぬか?」

「陛下……」

お互いに納得していたとはいえ、自分はルーデンドルフの息子を殺してきたのだ。

エルロイは何と言って答えたらよいかわからずに俯いた。

しかし気まずさを感じていたのは、エルロイのほうだけであったようであった。

「辛気臭《しんきくさ》い顔をするな! 敵を倒すのは誉《ほまれ》ぞ。兵たちの喜びが聞こえぬか?」

振り返ると、傷だらけになりながらも生還したダイバーの仲間が、そしてルーデンドルフとともにエルロイの奮戦を目撃したワルキアの兵士が、歓呼の雄叫びを上げていた。

「美しき魔女殿よ。彼らに応えてやれ。あなたの笑顔は百万の味方に勝る」

歯の浮くような台詞だが、年齢を重ねたルーデンドルフが言うと不思議と様になるものだ。

エルロイが微笑みながら手を振ると、熱狂的な歓声がこだました。

「魔女殿に勝利の祝福を！」

「戦場の魔女万歳！」

「万歳！」

奮戦したのはエルロイだけではないが、生まれ持った人を惹きつけるカリスマと、冴え冴えとするような美貌が、エルロイを勝利の象徴《しょうちょう》へと押し上げていた。

劣勢のはずのワルキア軍は、英雄王ルーデンドルフとエルロイという二人のカリスマを得て、今や勝利の喜びに震えていた。

——このときから、エルロイは『戦場の魔女』の名で知られることになる。

†

「それじゃいっしょにお風呂に入りましょうか」

「いやっ！　一人で入れるからっ！」

見事な活躍を見せたエルロイたちには優先的に休息が与えられることになった。

エルロイとセイリアが城内の風呂を使わせてもらえることになったのはその一環《いっかん》である。

本来籠城《ろうじょう》中の城では水は節約されるものだが、公都トゥルゴーは大河ドナウの地下水が非常に豊富であり、多少の人間が風呂に入るのはさしたる問題ではなかった。

「は――な――し――て――！」

「往生際が悪いわよ。それとも、レーヴェたちと一緒に入る？」

「ふえっ？」

「任せろ！　ここはひとつあのころに戻って男と男の裸の付き合いを……！」

「そんなことできるかっ！　ばかやろおっ！」

セイリアの裸を見てしまうことよりも、レーヴェたちに少女と化した裸を見られるほうがよほど恥ずかしい。

エルロイの怒りの鉄拳を食らったレーヴェは、なぜか幸せそうな顔で吹き飛んで行った。

「さあ、女の子は女同士……ね？」

誰もが見惚れるセイリアの微笑が、肉食獣の舌なめずりに見えたのは気のせいであると信じたかった。


簡素な石造りの脱衣場に、絹擦《きぬず》れのサラサラした音が響く。

カーチャと入浴したときにあったのは恥ずかしさだけだったが、セイリアと入浴するとなると、また別の期待や欲求が見え隠れしていた。

要するに、恋するセイリアの裸を見たい、という気持ちがかなり大きい。

ちらりと、中年のおじさんのように横目でセイリアを流し見ると、ほっそりとしたたおやかな腰つきが目に入ってきて、エルロイは慌てて目を逸らした。

(いかん……鼻血出そう……)

女の身体になったとはいえ、長年片思いしてきた相手である。

あ~んなことやこ~んなことを妄想して、結ばれる夢を見たのも一度や二度ではない。

「手が止まってるわよ、エルちゃん」

「ひゃんっ!」

ぼうっとしていたらいつの間にかセイリアが近づいてきていて、下着をペロンと引きずり降ろされた。

「女同士なんだから気にしないでいきましょ?」

(――しまった!)

お風呂と聞いて油断していた。

ワルキアの風呂は蒸し風呂――すなわちサウナであった。

当たり前だが湯に隠れる部分がない。すっぽんぽんのまま、肌をさらしまくりである。

瑞々《みずみず》しい肌が汗を弾いて、絹のようになめらかな肌をゆっくりと滑り落ちていく。

そしてその先には、見た目少々残念な胸が……。

「エルちゃん、何か言ったかしら？」

「何もっ！　何も言ってないですっ！」

心臓をばくばくさせながら、エルロイは緊張に身体を固まらせて湯台に座る。

こうして白樺《しらかば》の葉で身体を叩き、温まったら隣室の水風呂で身体を冷やすのがワルキアの蒸し風呂の入り方だ。

最初から隠す気もなく、堂々と胸を張って白樺を手に取るセイリアに対して、エルロイは身体を丸めて俯く。

「——私の身体、魅力ない？」

「すっごく、誰よりもき、綺麗です！」

エルロイが下を向いているようで、実はチラチラとセイリアを見ているのはバレバレだった。

こうした視線に女性は敏感なものだ。まだ女性としての自覚と経験の浅いエルロイにはわからないかもしれないが。

「ありがとう。でもエルちゃんのほうがずっと綺麗よ」

それは完全にセイリアの本音であった。

白磁器のような光沢のある肌に、成長途上の少女らしさ溢れる未熟な曲線。そして引きしまったカモシカのような足に、プリリとした小さなお尻。

まるで変態のようなことを言っているようだが、事実、セイリアは変態なのである。

「ねえ……エルちゃん」

セイリアのしなやかな指先が、まるで吸いつくように背中を這い回ると、たまらずエルロイは悲鳴を上げた。

「うっっきゃああああああああっ！」

男のときには感じなかったゾクゾクするような――それはまだ違和感や痒《かゆ》みのようなものであったけれど――不思議な感触に、エルロイは戸惑いを隠せない。

同時に、上気して頬を赤らめたセイリアの濡れた瞳と目が合ってしまい、その妖艶さに絶句する。

こんなに感情を剥き出しにしたセイリアを見るのは初めてだった。

「私がどうしてダイバーになったか……知ってる？」

ぶんぶんと大きく首を振るエルロイの愛らしさに、セイリアは思わず花がほころんだように微笑む。

どの国でも筆頭宮廷魔法士が務まると謳われたセイリアが、なぜダイバーなどをしているのかは長く謎とされてきた。

寡黙《かもく》で無表情なセイリアは、頑《がん》としてこの疑問に沈黙を貫いたからである。

ダイバーなのに、遺物自体にはそれほどの興味を示さないセイリアの目的については、エルロイ自身少なからぬ興味を抱いていた。

「――女が女を孕《はら》ませる古代魔法を発見するためよ」

「ぶふううううううううううっ⁉」

想像の斜め上をいくセイリアの答えにエルロイは思い切り肺の空気を吐き出した。

いささかセイリアが特殊な趣味を持つことには気づいていたが、さすがにその考えはなかった。

「女が女を愛するのが不毛だというのは、子孫を後世《こうせい》に伝えられないから。ならばそのしがらみを私は打ち破って見せる」

それはセイリアが、世界の枠組みから自分が見捨てられた、と感じたときからの誓い。

まだ無限の可能性を信じていた少女のころの夢の欠片であった。

本当はそんな魔法が見つかっても受け入れてくれる人はほとんどいないことを、誰よりセイリアが承知していた。

「――こんな私は嫌い？」

セイリアの手が、白く血の気が引くほど強く握りしめられていることにエルロイはふと気づいた。

彼女がこの事実を告白するのにどれだけの勇気が必要であったか。

そしてこれまでの長い時間を、ずっと仮面をつけて生きてこなければならなかったのかと思うと、愛しさが込み上げてくる。

「俺は姿、というか性別も変わっちゃったけど、セイリアが好きな気持ちは変わらないよ」

ようやくセイリアが纏っていた孤高の陰の理由がわかった。

もっともそれはエルロイの望んでいた形ではなかったけれど。

「うれしいわエルちゃんっ！」

首に両手を回して瞳を閉じるセイリアに、彼女が何を欲しているのかを察したエルロイは盛大にうろたえた。

セイリアを好きなことは変わらないが、この状態でその愛を受け止めるのは、まだいささかのためらいがある。

「で、でももう少し、環境に慣れるまで待ってほしいかな！」

「うふふふふふ……愛し合う裸の二人がいれば、そこに間違いは起きるものなのよぉ」

「やっ……待って、セイ……んっ！」

――こうしてエルロイはファーストキスを奪われたのだった。

「放せ！　放してくれええええ！　エルが！　エルが穢《けが》されてしまう前にいいいいっ！」

「女風呂に突入かまそうとする男を放せるわけがあるか！」

「エルうううううう！」

あながち男の勘も捨てたものではなかった。

げに恐ろしきは恋に目のくらんだ人間の執念なのかもしれない。

†

戦いの帰趨《きすう》はすでに決したように思われた。

翌日、フリギュア王国軍は魔法士部隊の援護のもと攻城戦を開始したが、野戦でも勝てなかったのに攻城戦で勝てるはずがない。ごく常識的な戦術上の原則からいえば、フリギュア王国軍が城を攻め落とす可能性は限りなく低かった。

「諦めの悪い連中だな」

城壁の上に立ってルーデンドルフは眼下を見下ろした。

昨日の敗戦――ルーデンドルフやダイバーたちの突出した武勇を見た敵兵の士気は最悪に近いであろう。命令すればそれなりには働くかもしれないが、士気の下がった兵は命を惜しみ危険を冒さなくなるものだ。

戦意が最高潮に達したワルキア公国軍にとって、そんな軍を撃退することなど児戯《じぎ》にも等しかった。

実際、フリギュア軍は城壁を突破する機会もほとんど見出せず、被害ばかりを重ねていた。

「叩き落とせ！　もう勝負はついたんだってことを教えてやれ！」

愚直に攻城を繰り返すフリギュア軍に不気味さを感じ始めたのは、それから二日ほど後のことであった。

「連中――どうして諦めないんだ？」

連日続く攻城戦と野宿はフリギュアの兵士に拭いきれぬ疲労を強《し》いている。

このまま戦い続けても何ら得るものがないであろうことは、誰の目にも明らかであった。

にもかかわらず、フリギュア軍は全く撤退の気配を見せない。

その異様さにルーデンドルフもエルロイも違和感を覚えつつあった。

フリギュア軍からしてみれば、撤退しないのには当然わけがあった。

処罰を覚悟でエルンストは本国に撤退を具申《ぐしん》したが、返ってきた命令は引き続き戦闘を継続せよ、というものであった。

いくらエルンストでも、命令に逆らってまで撤退するという選択肢はなかった。

おそらくは援軍が到着するまで、ワルキア軍を消耗させておけということなのだろう。

戦術的には愚策であると知りながらも、エルンストが攻撃を繰り返していたのには、そんなわけがあった。

そしてさらに四日後、朝の訪れとともに見張り塔で背伸びをしていたワルキアの兵士は、地平線の彼方からやってくる数万の軍勢を発見した。

「――ブルームラント王国軍、だと?」

ワルキアの西に位置するこの大国は、フリギュアと長年にわたって周辺国の主導権を争ってきた。

ワルキア公国はこのブルームラント王国から独立した歴史を持ち、形式的にはブルームラントの友邦となっているが、その実情は複雑である。

ブルームラントとしては、再びひとつの国として統一を果たしたいという欲求がないとはいえないのだ。

果たしてブルームラントは敵か味方か。

少しずつ近づいてくるブルームラント軍のなかにひとつの旗を見つけたのは、エルロイであった。

「あれは……!」

無意識のうちに唇を強く噛みしめる。

紅を塗らなくとも林檎のように紅い小ぶりな唇から、一滴の血があごへと伝って落ちた。

月を食《は》む狼の紋章、それはフリギュア王国宰相ルードヴィッヒ・ゲオルグ・フォン・デーニッツ侯爵の紋章であるはずだ。

「ブルームラントとフリギュアが手を組んだってのか……!」

宿敵同士が手を組むという想像だにしない事実を前に、レーヴェもまた愕然としていた。

大陸の覇権を競う両国が手を組んだということは、ワルキアに味方する国は一国もなくなったというに等しい。

準備万端整えればともかく、フリギュアの奇襲を許した現状では、すでにワルキア公国の敗北は決定したも同然であった。

なるほど確かに素晴らしい外交手腕である。

どんな餌で釣ったにせよ、歴史的なライバル国であるブルームラントを味方に引きずり込んだルードヴィッヒの手腕は認めなければならないだろう。

だからといって、生贄に捧げられたエルロイたちの恨みが晴れるわけもない。

そして理不尽にもダイバーギルドを襲ったルードヴィッヒが、のうのうと目的を達するのを許容するつもりもまたなかった。

「認められるかよ！」

本能の赴くままにエルロイは叫んだ。

「女にしておくには惜しい戦人だな。あれを見てなおその言葉が吐けるとは」

ルーデンドルフは心の底から感心した。

事実、ブルームラント王国軍が敵に回ったことを確認した第一公子ベルンストはショックから立ち直れていない。

今このときでも、明確な戦意を保ち続けているのはルーデンドルフとエルロイのみだ。

できれば息子の嫁に欲しいと、ルーデンドルフは本気で思い始めていた。

「――とはいえ、もしもの準備を始めておかねばならんか」


同じころ、エルンストから戦況の報告を受けたルードヴィッヒは激怒していた。

「これほどの軍を揃えながらワルキア公国軍に名を成さしめたばかりか、第二公子まで失っただと！」

ルードヴィッヒにとって、ワルキア第二公子マウリッツの存在は遺跡の封印を解くのになくてはならぬ切り札である。

マウリッツを欠く場合、その代わりとなるものはルーデンドルフかベルンストしかおらず、この両者を従わせるのは至難の業と思われた。

ブルームラント王国軍はルードヴィッヒの統制下にはない。

最悪の場合、二人がブルームラント王国軍と戦い、戦死してしまう可能性すらあった。

そうなればルードヴィッヒの悲願である、ジェイドが封印された遺跡の解放はその手段を失ってしまう。

（だからあれほど第二公子の扱いには注意しろと言っておいたのに、この無能が！）

ベルンストはどうかわからないが、ルーデンドルフを操るなどルードヴィッヒほどの魔法士でも不可能である。

ルードヴィッヒとしては、この無能な大将軍を八つ裂きにしてやりたい気分であった。とはいえワルキアに展開するフリギュア王国軍を放り出すわけにはいかないし、彼に代わるだけの優秀な人材がいるわけでもない。

「かくなるうえは戦場で名誉を挽回せよ。必ずやブルームラントに先んじて王か公子を捕らえるのだ」

ふとそのとき、ルードヴィッヒはあるひとつの可能性に気づいた。

もしそれが可能であるとするなら、ルーデンドルフやベルンストを相手にするより、よほど容易く目的を果たすことができる。

ルードヴィッヒは面白くもなさそうに顔を顰《しか》めた。

これが、ルードヴィッヒが非常に機嫌のよいときの癖であることは誰も知らない。

「エルンストよ。ひとつ、第二公子が亡くなられたという霊廟に案内してくれまいか?」

「どうやらフリギュアの連中はワルキアの霊廟に向かったようでございますな」

「相変わらず胡散臭《うさんくさ》い奴らよ」

ブルームラントの指揮官であるインデュアは、本国の命令とはいえフリギュアと結ぶことについては複雑な思いがあった。

もっとも、この協力関係はそれほど長続きするものではないとインデュアは知っているために、現在のところは我慢しているだけである。

「しかし、本当にあるのでしょうか？」

副官のマルビナスは未だ懐疑的な表情で首をひねる。

参謀として現実主義者である彼にとって、古代の遺物というものはいささか想像に余る存在なのであった。

「まあ、上がそう判断したのだからあるのだろう。古代世界を滅ぼしたと言われる『グラチスの天雷』が」

インデュアの受けた指令は、可能であればその遺物を奪うこと、そして最悪でもフリギュアに渡さぬよう封印または破壊することなのだ。

大陸世界の軍事バランスを根底から覆《くつがえ》すこの遺物を、ワルキアはもちろん宿敵フリギュアに渡すわけにはいかなかった。

もっともインデュアは、それが実在する可能性は半分以下であると思っていた。そんなものが簡単に見つかるようなら、とうに世に出ているはずだからである。

しかし目指すものが根本から欺《あざむ》かれている可能性までは考慮していなかった。

熾烈《しれつ》な攻城戦が開始された。

ルードヴィッヒが率いるフリギュアの魔法士部隊は、猛烈な投射魔法でワルキア公国軍に被害を与えていた。

さらにその支援射撃の間隙を縫い、東西からフリギュアとブルームラント軍が破城槌や梯子《はしご》を手に城壁に取りついていく。

「叩き落とせ！」

「城門に近づかせるな！」

圧倒的少数とはいえ、堅城で知られる王城の防御効果もまた並み大抵ではない。

対魔法防御の粋《すい》をこらした攻城魔法無効の魔法陣は、魔法士部隊の攻撃をほぼ半減させた。

また、迎撃に当たる武人の力量も尋常なものではない。

「はーっはっはっ！　どうっせえええええええいっ！」

およそ数百キロはありそうな庭石を抱えた鉄人ギョームが、高笑いとともに城壁の上から庭石を投擲《とうてき》した。

重力に引かれた大石が、轟音とともに攻城用の梯子車を破壊する。

冗談のような光景に味方はますます士気を上げ、逆に攻城側は恐怖に震えた。

それでも戦闘が継続したのは、エルンストとインデュアの指揮能力もさることながら、最初から撤退するという選択肢を与えられていなかったからだ。

彼らに課せられたのは、ただ必勝の二文字であった。

「退いてきた者はこの剣で斬り捨てる！　死にたくなければ進めえぇいっ！」

フリギュアよりも多少、命の値段の安い傾向にあるブルームラント陣営は、督戦《とくせん》の部隊が兵卒にそう言って前進を強要していた。

「次から次とっ！」

無尽蔵に湧き出てくるかと錯覚を起こしそうになる大軍勢相手に、エルロイとレーヴェも目の前の敵に対処することで精いっぱいであった。

「凍てつく静寂、氷界《アイスワールド》」

セイリアは圧倒的な敵の魔法士を相手に一人で奮戦している。これも城の防御力を利用しているとはいえ、彼女が卓越した魔法士であるからこそ可能なことだった。

「第二と第四騎士団は交替して城内で休息を取れ！　悪いがほかの連中はこのまま迎撃だ！」

兵数に劣る側が一番困るのが、こういった消耗戦である。

敵が雲霞のごとく押し寄せてくる現状で、適切な休息を取らせることのできる指揮官は少ない。

援軍の見込みのない籠城戦が早期に敗北するのは、消耗に対する限界の許容が非常に低くなっているからだ。

しかしさすがは英雄王ルーデンドルフ、微塵の緊張もなく指揮を執る様に、味方の動揺は最小限に抑えられていた。

「——とはいえ、ジリ貧であることも確かだがな」

部下たちには気づかれぬよう、ルーデンドルフは独語する。

損害の大小を競うなら間違いなくワルキアが勝利するであろう。

残念ながら現状は、一人で十人を殺しても最終的にワルキア側が全滅する。

その前にルーデンドルフは何らかの手段を講じる必要があった。


「ふう、疲れたぜ……」

「お疲れ様、レーヴェ」

「おおっ！　エルにそう言ってもらえると、力がみなぎってくるぜ！」

そう言って肩にもたれかかろうとするレーヴェをエルロイは押しのけた。

「——怒るぞっ！」


エルロイたちダイバーの有力者が解放されたのは、夜の帳《とばり》が降りた二十一時ごろであった。

傷ついている者は治療を受け、翌日に備えて足早に寝室へと向かっていく。

レーヴェは、ライバルのセイリアが魔力切れから先に休息に入っており、入れ替わりに夜番として出て行ったことに内心ほくそ笑んでいた。

しかし激しい金属音が響いてきて、夜襲が来たらしいことを教える。

「元気な奴らだなあ……」

このまま二人の時を楽しみたかったが、自分たちの戦いに備えて、休めるうちに休んでおかなければならない。

「せめて援軍があれば話は違うんだけど……」

その期待があれば、心理的な重圧がかなり軽減される。重圧がなければ肉体的な疲労の度合いも違ってくるのだ。

「その辺はベルンストか陛下に任せるさ。少なくともエルだけは、俺が死んでも守ってやるから心配するな！」

レーヴェの言葉をエルロイは不思議な違和感と、少しばかりの優越感と、そして子供のころに感じたような寂しさがない交ぜになった複雑な思いとともに聞いた。

エルロイの人生はいつだって誰かを守るための戦いだった。ダイバーのためのダンジョンを求めたのも、元はと言えばダイバーたちの生活向上のためである。

そこに自分自身の夢があったことも否定しないが、以来エルロイは死ぬそのときまで仲間たちの幸福のために生きてきた。

それが女の身になってからは、仲間たちが揃って自分を守ろうとする。

レーヴェやセイリアに至っては愛の告白までしているわけだが、それを受け入れることだけはできなかった。

「……そんなこと言わないで、みんなで生き延びるんだ」

無防備に微笑んだエルロイの破壊力に、レーヴェは思わず押し倒さなかった自分の意志力を褒めたかった。

「明日の戦いもきつくなる。早く寝ろよ」

「お、おおう……」

レーヴェが結局安らかな睡眠を得ることができなかったのは言うまでもない。

†

連日の激しい攻防は、攻め手であるフリギュア王国軍とブルームラント王国軍に甚大《じんだい》な被害をもたらしていたが、ワルキア公国軍も死傷者の増大によって、休息のローテーションがとれなくなりつつあった。

ただ防ぐだけなら、あと一週間は楽に持たせることが可能であろう。

しかしその以後については、守備正面の縮小……すなわち、王城外郭の放棄を考えなければならない状況だった。

もはやジリ貧は誰の目にも明らか。

ルーデンドルフは乾坤一擲《けんこんいってき》の出撃に活路を見出すことを考え始めていた。

「しかしそれは敵の思うつぼでもあります。すでに防護柵と薬研堀《やげんぼり》で、敵の防御も強化されておりますし……」

かえって敗北を早めるのではないか？　ベルンストはそれを危惧《きぐ》していた。

「私は打って出るのに賛成です」

ダイバー組織の長として会話に参加していたエルロイは、ルーデンドルフの考えを支持した。

「それは敵の大半がなぜ戦うのか、目的を知らぬままに戦っているからです。敵の頭さえ潰すことができれば、たちまち兵は敗走するでしょう」

まさかワルキアの地下に眠る遺物を横取りしたいから戦っているとは言えないのだろう。

指揮官とごく一部の人間を除き、ほとんどの兵士は上官に命令されたから戦っているのにすぎないらしかった。

問題はどうやって敵の本陣まで辿りつくかということだ。

「手ならあります」

亜神エノクの予備身体を手に入れたからこそできる大魔法。

瞬時に百人レベルの転移を可能とする魔法式で、無防備の背後を襲うことができたなら……。

「ただし、俺はしばらく使い物にならなくなりますが」

魔力を臨界ぎりぎりで酷使しなくてはならない以上、魔力の回復には相応の時間が必要となる。

愁眉《しゅうび》を開いたルーデンドルフはエルロイの手を取って破顔した。

「おお！　あなたはまことに我がワルキアの勝利の女神でおいでだ！」

「も、問題はどうやって城まで戻るかですが……」

「指揮系統の混乱した軍など恐れるに足らん。念のため私が城から救援の軍を率いよう」

そしてワルキア公国とダイバーから選りすぐられた精鋭は、満を持して翌日の黎明《れいめい》に出撃することになった。


夜討ち朝駆けという言葉がある。

人間の脳というものは、眠かろうと眠くなかろうと集中力の落ちる時間が存在する。

そのため相手が警戒していてもなお、この夜討ち朝駆けには効果が期待できるのだ。

朝の冷えた空気に薄い朝もやが漂うなか、明るくなってきた空を見上げ、夜哨《やしょう》に当たっていたブルームラント王国の兵士は、大きなあくびとともに背伸びをして硬くなった身体をほぐした。

「ふう、そろそろ交代の時間だな……」

城のワルキア軍は大人しいものである。

上層部はそろそろワルキア軍が一か八か攻撃してくる、と予想しているらしいが、兵士は半信半疑であった。ただでさえ十分の一以下の兵力で、野戦築城され防御力の整った敵をわざわざ攻めるとは思えなかったのである。

刹那、ザワリザワリと人いきれや馬の鼻息が聞こえた気がして、兵士はキョロキョロとあたりを見回した。

味方が攻撃を開始するにはまだ時間が早い。

特別に早まったのだろうか、と兵士は煩悶《はんもん》する。

それにしても随分と後ろのほうから音がするものだ。戦場は前方だというのに。

そこでようやく兵士は気づいた。

百人ほどの集団が、ワルキアではなくブルームラントの本陣に向かっている。

まさか……裏切りか？

兵士の脳裏に浮かんだのはまず、フリギュア軍の裏切りであった。

それほどに両国の歴史的な対立関係は根が深い。

同志討ちを避けるため、ブルームラント王国軍は特徴的な赤い兜を装備しているが、謎の集団にそれがないことを確認した兵士は声の限りに絶叫した。

「敵襲うううううううううう！」

「――来たか」

予想通りだな、とインデュアは軽い呆れさえ感じつつ、鎧と剣に手をかけた。

この日のために整えてきた防御陣地と即応態勢である。

たとえ英雄王ルーデンドルフといえど、そうやすやすと突破することは不可能なはず。

「閣下！　お急ぎを！　敵はもうすぐそこまで迫っております！」

「そんな馬鹿な！　フリギュア軍の裏切りか？」

夜哨の兵士と同じように、インデュアもまたフリギュアを疑った。

「いえ、疑いなくワルキア公国軍でございます」

「それでは、いったいどうやってここまで通り抜けてきたというのだ！　味方の兵は寝ていたのか⁉」

ありえない事態にインデュアは大きく取り乱した。しかし同時に、戦場で養ってきた第六感が、生命の危機がまさにすぐそこに迫っていることを教えた。

「兵を集めろ！　なんとしても押し潰すのだ！」

「なんとも恐ろしい魔法があったものだな」

敵の背後に労せず移動できたことに背筋が寒くなり、ベルンストは額の汗を拭った。

こんな魔法が普及したら世界の戦術原則が崩壊する。

「今のところ使えるのは俺一人だと思いますよ？」

「そう願いたいものだね……」

魔力欠乏で青白い顔をしながらエルロイは答えた。

この魔法はエノクの転送機器の副産物だから、遺物を解析した者でないかぎりは使えないはずであった。

遠くで兵士が何かわめいている。

こちらの意図に気づいたのだろう。今頃はどうやって我々がここまでやって来たのかと、パニックに陥っているに違いない。

「気づかれたようです。それでは参りましょう！」

「どこだルードヴィッヒ！」

雄叫びを上げながら先頭を駆けるのはレーヴェである。

未だ敵の本陣は防御態勢を整えていない。

莫大な敵に取り込まれる前に、どれだけ早く本陣を叩き潰せるかがこの作戦の成否を分ける。

ルードヴィッヒはフリギュア王国宰相でありながら、ブルームラント軍内に陣を構えていた。

そのためワルキア側は、二手に分かれる必要がない。

「たかがこの程度の兵で我が軍をどうにかできると思ったか！　者ども、死戦してブルームラントの武威《ぶい》を示せ！」

ブルームラント王国本陣を構成するのは、およそ三百からなる騎士団の中核である。

もっとも近い陣地はおよそ十分ほど離れた場所にあり、時間的に三十分もあれば三千程度の軍が容易に集まる状況であった。虚を衝《つ》かれたとはいえ、まだまだ不利な状況ではない。

ワルキア軍は非常識というしかない勢いでブルームラント王国軍を蹂躙した。

「どけどけどけえええええええいっ！」

豪腕ロバートの戦斧が、何が起こったのか理解できないままの騎士の首を高々と刎《は》ね飛ばした。

そして鉄人ギョームが、魅了のアルラウネが、剣聖オイゲンが、道化のフリッツガが、敵に組織的な対応を許さず、ただひたすら鏖殺《おうさつ》していく。

彼らが本気で人を効率的に殺すことに徹すれば、たとえ歴戦の騎士といえど対抗することは難しい。

かろうじて一人の騎士が、オイゲンの剣を弾き返して胸を張った。

「我が名はラズベルグ・オースティン！　ブルームラント王国より将軍位を賜《たまわ》るものぞ！　名を名乗れえええええい！」

「レーヴェ・ブロンベルグ。槍匠とも、エルの愛の奴隷とも人はいう」

「愛の奴隷とかやめろっ！」

突然のレーヴェの台詞にエルロイは激しく突っ込んだ。

もちろんラズベルグは二人の会話を、自分に対する侮辱《ぶじょく》と受け取った。

まともに考えて、戦場の真っただ中でラブコメをやられたら馬鹿にされたとしか思えまい。

「戦を穢す不届き者が！　我が槍を受けよ！」

「エルの愛あるかぎり俺は無敵だ！」

「……無敵などこの世にはないことを証明してあげる」

「ちょっと、セイリア！　落ち着いて！　そんな範囲魔法をここで詠唱しちゃだめえぇっ！」

会話は間抜けだが、本人たちはいたって本気である。

その戦闘は合理にして常軌を逸し、ひたすらに強い。

そんな相手と戦わなくてはならないブルームラントの騎士にとっては、いい面《つら》の皮であった。

ラズベルグは将軍だけあって決して弱くはなかったが、槍匠レーヴェを相手にするには武量に違いがありすぎた。

「がはぁっ！」

「将軍が討たれたぞ！」

「なんとしても司令官閣下をお守りしろ！」

援軍が来るまでのわずか十分が、これほどに遠いものであったとは。

インデュアは戦慄《せんりつ》に近い恐怖を意志の力でねじふせた。

ここで弱気になっても得るところがないことを、経験的に知っていたからである。

「閣下、いざというときにはお逃げになることも……」

「それではグラチスの天雷がフリギュア王国のものになってしまう」

遺物をフリギュアに渡さない――それがインデュアに与えられた至上命題であった。

「しかしこのままでは！」

副官のマルビナスは気遣わしげに天幕から外を仰いだ。

早朝の冷たい空気に金属音が反響しているが、その音は先ほどよりずっと近づいている気がした。

事実、ワルキアの魔の手はすぐそこにまで迫ろうとしていた。

「――神速七ノ太刀、飯綱《いづな》落とし」

まさに紫電《しでん》一閃、エルロイの神速の剣先が、背後から騎士の首を斬り落としていく。

その対応不能な速度に、重装備で防御力に定評のある神殿騎士団も歯が立たない。

本陣を守る最後にして最堅の壁である神殿騎士団が討ち倒されてしまっては、もはやインデュアを守るのはわずかな近従《きんじゅう》のみである。

奇襲の開始からわずか五分とかからぬ早業に、恐怖よりも驚きがインデュアの胸に込み上げた。

「なんたる武よ。これがダイバーの強さだというのか?」

加えて、この奇襲にはルーデンドルフの姿が見当たらない。

すなわち、あの英雄王のカリスマなしに、ワルキア軍とダイバーたちは大国ブルームラント王国軍を翻弄しているのであった。

「ちぃっ！　ルードヴィッヒめ。どこに隠れていやがる！」

ワルキア軍の目標が、いや、ダイバーたちの目標がルードヴィッヒであったことが、ぎりぎりのところでインデュアに幸いした。

神殿騎士団を突破したかに見えたダイバーの精鋭が、ルードヴィッヒの旗の翻った天幕に殺到したからである。

もちろん、それで稼ぐことができた時間はそれほど長くはなかったが、双方にとって完全に予想外の事態がインデュアの命を繋いだ。

「閣下、お退きを！」

「ここは我らにっ！」

ほんのわずかな時間が、再びインデュアの前に防衛線を構築する時間を与えた。しかし、そのとき響いた大音響が全ての思惑を覆す。

「――なっ！　まさか城門が！」

エルロイが振り返ると、ワルキア軍が守る王城の門が、何か巨大な見えざる手にもぎ取られるようにして無惨に押し砕かれていた。

青い道服を身に纏った一団の魔法士部隊とともに、渦中《かちゅう》のルードヴィッヒは満面の笑みを湛《たた》えて高らかに宣言した。

「まだまだ甘いわ！　あのような大魔法にこの私が気づかぬとでも思ったのか！」

「――まさか……最初から知っていて？」

乾坤一擲の転移魔法が見透かされていたと知ってエルロイは愕然とした。

「わざわざそちらから離れてくれるとはな。そこで指をくわえて神の復活を見守るがいい！」

初めからルードヴィッヒはこの機会を窺っていたのである。

ブルームラントは当然として、ルードヴィッヒは故国フリギュアの王にすら遺物を渡す気は毛頭なかった。

子飼いの宮廷魔法士を中心とした魔法大隊を率いて、いかにして両軍を出し抜くかを考え続けていた。

不完全ながらマーガロックダンジョンのエノクの転送機器を解明したルードヴィッヒにとって、エルロイの魔法を見抜くのはそれほど難しいことではなかった。

城を守るもっとも強力な戦力が出撃することは確実。しかもその戦力は、おそらくはブルームラントの中枢を破壊するには十分すぎるほどの牙を持っている。

ならばその隙を狙うことができれば――。

エルロイたちはブルームラント王国軍の真っただ中であり、救援に戻ることはほぼ不可能であろう。

我が策は成った、とルードヴィッヒは自画自賛した。

「どうだ？　運命はやはり次代の神たる私に味方したと思わんか？」

「……はい」

ルードヴィッヒに語りかけられた男は、無表情のまま抑揚のない声で答える。

もしもそこにエルロイがいれば、目を剥いて驚いたことだろう。そこにいたのは、死んだはずの第二公子マウリッツの姿にほかならなかったからである。

「不死の研究中に開発した死霊魔法がこんなところで役に立つとは、な」

遺物の封印を解くのに必要なものが、キーワードとワルキア王家の血であるのなら、死霊《ゾンビ》であっても問題はない。

「荒ぶる魔炎《サベイジボルケーノ》！」

白兵戦では無類の強さを発揮するワルキア騎士団も、遠距離での魔法戦になると分が悪い。

そのための城の魔法防御であったのだが、ルードヴィッヒが使用した古代魔法は、その防御を無効化する魔法式が組み込まれていた。

「ひゃーはっはっはっ！　死ね死ね死ね死ね死ね死ねえええええ！」

左腕だけに再移植された魔導義手が、キリキリと機械音を立てて杖を握っていた。

かろうじて魔法士としての生命を繋いだサリエルは、自分をこのような身体にしたワルキアへの復讐の快感に酔っていた。

「ワルキアの愚か者どもめ！　一人も生かしておくものか！」

ワルキア騎士団はひとまず城内の魔法無効を施した空間に撤退する。しかし魔法大隊の攻撃は無効化できてもルードヴィッヒの古代魔法までは無効化できない。

ジリ貧で押しまくられる騎士団を追うようにして、ルードヴィッヒはマウリッツに問いかけた。

「……地下に通じる階段に案内せよ」

「――はい」

王城の内郭に入ると騎士団の抵抗は増して、魔法大隊にも被害が出始めた。

圧倒的な火力で接近を許さない魔法大隊に対し、室内の死角を利用して弓での攻撃や待ち伏せが効力を発揮し始めたのである。しかし多少の犠牲はかまわないと割り切っているルードヴィッヒは、何ら意に介さずに進み続けた。

マウリッツが指し示す方向には、ワルキアでもっとも信仰を集めている軍神バスクの神像がそびえている。

「……メッツイーラー」

神経を逆撫でする抑揚のない声でマウリッツが呟くと、音もなく神像の足元に階段が現れた。

――この階段の下に、夢にまで待ち望んできた堕神ジェイドの封印がある！

喜び勇んで駆け出したい思いを、ルードヴィッヒはかろうじて抑え込んだ。

仮にも遺跡にどんな罠が仕掛けてあるかもしれず、ここまで来て死ぬようなことがあっては死んでも死にきれないからである。

「偵察に行って参れ。待ち伏せがおれば、消し炭にして構わん」

ルードヴィッヒの判断は正しかった。

先頭を駆け降りた魔法士約十名は、鋭利な刃物で腰斬《ようざん》されたかのように、たちまち真っ二つにされてしまった。

「早く入ってこい。しばらく手出しは控えてやろう」

「――この声、ルーデンドルフ公王かっ！」

ルーデンドルフが城に残ったのは、奇襲部隊を城に収容するために兵を率いる指揮官としてだったが、理由の半《なか》ば以上は勘である。

首の後ろでチリチリと静電気が発生するような感覚は、天才のみが持つ危機察知能力の賜物であった。

エルロイの作戦を逆手に取るとは、さすがはルードヴィッヒというところだが、生憎と最後の切り札はこちら側にあるのだ。

「早く来ないと、大切な宝がなくなってしまうぞ？」

「――まさかっ！」

その言葉を聞き流せるほど、ルードヴィッヒのジェイドに対する執念は軽くない。

即座に残る魔法士を突入させ、何重《いくえ》にも防御魔法を展開して、ルードヴィッヒはついに待ち望んだ封印の間へと足を踏み入れたのであった。

「おお……！」

そこに敵がおり、命の危険があるにもかかわらず、ルードヴィッヒの心は感動に震えた。

積層型の巨大な魔法陣と、銀の光沢を放つ古代世界の魔導機械。

その全てが現代からは失われてしまった技術の詰め込まれた秘物《アーティファクト》ばかりである。

「――感動で声も出ない、という顔をしているな」

「それに関しては否定せんよ」

ルーデンドルフの揶揄《やゆ》にも、ルードヴィッヒは冷静を保っていた。

彼にはルーデンドルフを実力で打破するだけの絶対的な自信があったからである。

いかに竜殺しの英雄でも、手塩にかけた魔法大隊とルードヴィッヒの古代魔法を相手どることは不可能だ。

しかしそんなことには歯牙《しが》にもかけず、ルーデンドルフは嗤った。

「出来の悪い息子《マウリッツ》だが、死んでまで操られるというのはさすがに親としては業腹《ごうはら》だな」

「自分で殺しておいて何を言う。これほどの大業に参加させてやっているのだから、むしろ感謝してほしいくらいだ」

それ以外にこの無能がこの世に生まれてきた意義があるか。

ルードヴィッヒは加虐的に嗤う。英雄の息子でも、こうして無能が生まれ幅を利かせるのが世の中というものである。

だからこそ真に才ある者が不死を手に入れなければ、世界はいずれ進歩を失う。

ようやくこの世に古代の栄華が蘇るときが来ようとしているのだ！

「世の中に完璧なものなどありはしない。お前でも必ず間違える。だからお前は神にはなれない」

そんなルードヴィッヒの夢想を断ち切るルーデンドルフの言葉は鋭かった。

「息子に裏切られるような男に、私の無謬《むびゅう》さを理解できるとも思えんがね」

「わかっておらんな……だからこそ人生は面白いのだ！」

全てが完璧で、裏切られる心配も、失敗の危険も省《かえり》みる必要もない人生の何が楽しいものか。

初めから勝つことがわかっていたら竜殺しになどいくはずがない。

わからないからこそ人生は魅力的なのだ。

「残念だな。君ほどの武勇の持ち主なら、私の世に生かしておいてやってもよかったのだが」

自分の理想とルーデンドルフの理想が、どこまでいっても交差しないことをルードヴィッヒは確信した。

自分にできるのは、慈悲深く彼に死を与えてやることだけなのだ、と。

「悪いが、ひ孫の顔を見るまでは死なんよ！」

ガハハッと豪快に笑ったルーデンドルフは、後ろに飛びすさって距離を開けた。

剣士である彼が距離を取るのは自殺行為にも等しい。

訝るルードヴィッヒは唐突に走った悪寒の命じるままに、ルーデンドルフへの攻撃を命じた。

「――殺せ！」

配下の魔法士たちの弾幕が、仁王立ちしたままのルーデンドルフを直撃した。

まともな人間であれば数十回は炭になっているはずの攻撃である。

にもかかわらず、ルーデンドルフは悠然として怪我ひとつ負わずに立ち続けていた。

「竜の加護か⁉」

もともと古代世界の生き残りである竜には、人を遥かに超える魔法防御力がある。

竜を殺した人間には、その特性が受け継がれることが稀にあるということを、ルードヴィッヒは文献で目にしたことがあった。

まさかその体現者がこんなところにいようとは！

「そんな程度では通じんぞ？」

「調子に乗るな！　竜の加護を上回る攻撃ができないとでも思うたか！」

多少詠唱の時間は長くなるが、竜の防御を貫く魔法を行使するのはそれほど難しいことではない。

それがわかるだけに、得意そうなルーデンドルフの態度が癪《しゃく》に障った。

余裕の笑みを浮かべるのがこちらで、恐怖で怯えるのがルーデンドルフ。それが正しい姿であるはずなのに。

「――我が王家に伝わるのが、封印解放のキーワードだけだと本気で思ったのか？」

ルーデンドルフの放った言葉は、ルードヴィッヒの余裕を粉々に打ち砕くものだった。

ごくりと生唾を呑み込んだのに、ルードヴィッヒの喉は焼けるような渇きを訴えて続けていた。

「う、嘘だ！　封印するしかなかったくせに、今さら何ができるというのだ！」

「堕神ジェイドが狂うきっかけになった事件を忘れたか？　ジェイドの妻子を殺したのはいったい誰だ？　古代王国ロンバルティア、我が一族はその末裔《まつえい》だぞ？」

「贖罪《しょくざい》だとでも言うのか？　堕神ジェイドを相手に？」

「逆だよ。いつの日か蘇ったジェイドに一族郎党皆殺しにされると思ったんだろう。封印による弱体化で、ジェイドが今度こそ殺せるように準備していたのだ」

「ジェイドは神だぞ！　人間に神を殺せるはずが……」

ルードヴィッヒは混乱の極みにいた。

その慌てようを見て、ルーデンドルフはくつくつと嗤う。

「人間に封印されるような奴が神だと？　封印ができるなら殺すことだって可能なはずだ。それがどんなに難しくてもな」

果たして本当に神が殺せるか、ルーデンドルフも自信があったわけではない。

だがこのままむざむざとルードヴィッヒに解放されてしまうよりは、よほどましなはずだ。

二者択一なら、より自分の気の済むほうにするのは当然である。

「やめろ！　神を――ジェイドを殺すな！」

「竜殺しの次は神殺しか、なかなかどうして悪くない。まあ本当に殺せるほど弱ってるかどうかはわからんのだが」

もはやルーデンドルフを説得することは、ルードヴィッヒには不可能であった。

取り得る手段はただひとつ、殺すしかない。ルーデンドルフが全てを手遅れにしてしまう前に。

「死ね、ルーデンドルフ。神への道を阻《はば》む不届き者よ！」

「生憎、数え切れないほど死ねと言われきたが、死んだ例《ためし》は一度もないわ！」

魔法の発動に必要な詠唱時間と、すでに準備を終えていたルーデンドルフの詠唱のどちらが早いかなど考えるまでもない。

何重にも設定されていた安全装置の解除を先ほど終えていたルーデンドルフは、ただ一言呟くだけでよかった。

ルーデンドルフの気配が変わったことにルードヴィッヒも気づいた。

こちらの詠唱は間に合わない。

目の前でかけがえのない至宝が、神に至る道が閉ざされようとしているのをルードヴィッヒは感じて、本能のままに叫んだ。

「やめろおおおおおおおおおお！」

「グロスシュトライク！」

ルーデンドルフの言葉を合図に、室内を眩《まばゆ》い白光が満たした。

本能的に魔法大隊の面々が目を閉じ、身体を丸めるなか、ルーデンドルフとルードヴィッヒだけはその衝動から無縁であった。

「認めぬ！　我が悲願、人生の希望をこんなところで諦めることなどできるか！」

魔法式は未だ不完全、しかもルーデンドルフのいう神殺しが実際にどれほどの効果があるものか見当もつかない。

しかし、座してこのまま見守るという選択肢はルードヴィッヒにはなかった。

「マウリッツ！　キーワードを！」

「トリ……オメス……ラ……ドス……オスラトス」

ビクリ、と巨大な気の塊が揺らいだような気がした。

まだ行ける、とルードヴィッヒは一縷《いちる》の望みをつないだ。

「理に拠《よ》りて呪言を紡ぐ。我が名はルードヴィッヒ、今ここにその名を刻印し新たな形代《かたしろ》と為す。イデアに至りて天地の理に従い形代を制すものなり。その名はジェイド！」

ルードヴィッヒが意識を保っていられたのはそこまでだった。

人であったルードヴィッヒの意識は、魂となってどこかへ消えた。

同時に、爆発とともに地下から白い柱が天空にまで立ち上がり、城が崩壊していく。誰もが己の身を守ることで精いっぱいとなった。

そして光が収まった後には、身の丈《たけ》五メートルは超えようという巨体の男——堕神ジェイドが佇んでいた。

「ググ……コロス……ツマノカタキ」

明らかに正気を失い、どこまでも闇に堕ちてしまった漆黒の目でジェイドは呟いた。

どうやら封印時のままに、妻子の仇を探しているらしかった。

「おおおおおっ！　これか！　これが神の力かあああ！」

ジェイドの呟きはそれだけでは終わらなかった。

中途半端ではあるものの、ルードヴィッヒの意識は確かに堕神ジェイドの中へと転送されていたのである。

「ふははは！　遂に！　遂に神の力を手に入れたぞ！」

「……ルードヴィッヒ様……お助けください。そして、私も神に……！」

瓦礫《がれき》の下から手を伸ばして助けを求めたのはサリエルであった。

魔導義手も押し潰されて変形してしまい、自力では瓦礫から抜け出せない。

「神に？　神は余《よ》一人に決まっておろうが！」

「そ、そんな……！」

無造作に手を横に払うと、真空の刃がサリエルの身体を両断した。

「きはははははっ！　余以外の者はみな消えてなくなれ！」

どうやら意識の面ではルードヴィッヒがやや優位に立っているらしい。しかし今や同一の存在となったジェイドの狂気が、ルードヴィッヒに影響せぬはずがなかった。

ルードヴィッヒも明らかに狂い始めている。にもかかわらず、そのことに自分では気がつくことができずにいた。

「ウェントゥス・ニワーリス・アーラ（吹雪の翼）」

最初の一撃は味方であったはずのフリギュア王国軍に向かって放たれた。

魔法というにはあまりに広範囲の、凍りつくような吹雪《ふぶき》がフリギュア王国軍を襲う。

その莫大な力はまさに神という高みに相応しいかに思われた。

「――いや、おそらく半分どころか一割程度の力しか発揮していない」

ジェイドの復活を目撃したエルロイは静かにそう判断した。

お互いの目的のため、ブルームラント王国軍とは自然と休戦が成立していた。

あの神もどきと戦うためには、いくら戦力があっても足りないからである。

「……魂がルードヴィッヒに侵食されたことで、神の力が制限されている。あれなら倒せるかもしれない」

「竜とどっちが強い？」

レーヴェの問いにエルロイは重苦しいため息をついた。

「残念だけど、竜より何倍も性質《たち》が悪いよ」

「そりゃ難儀だが、ルードヴィッヒにでかい面をさせるわけにもいくまい？」

レーヴェとて、いかに厄介な相手かわからないわけではなかった。しかしあえて笑顔で戦いに向かうだけの心の強さがある。

「こんなことなら魔力を温存しておくんだったよ……」

もっともエルロイが転移魔法を行使しなければ、ルードヴィッヒも城を強襲はしなかっただろうからその仮定は無意味なのだが、それでも言わずにいられないほど、エルロイにとって魔力の枯渇《こかつ》は痛恨事であった。

「大丈夫、エルちゃんの代わりは私が果たす」

得意げに胸を反らしてセイリアが微笑んだ。いささか胸のボリュームが足りないのはご愛嬌だが。

「仲間を殺された借りはキッチリ返しておかんとな」

「どこまでそれがしの力が通じるか楽しみでござる」

微塵も臆していない仲間たちの姿に、エルロイは自然と肩の力が抜けていくのを感じた。

男であったころなら、むしろ自分から檄を飛ばして仲間を引っ張っていっただろう。

それがわかるだけにどこかくすぐったいような思いがする。

もう一度気合いを入れ直してエルロイは叫んだ。

「行こう。みんなの力を貸してくれ！」


狂える堕神ジェイドに最初に斬りかかったのはルーデンドルフであった。

ジェイドの復活を目の前で目撃したルーデンドルフは、先祖の施した崩壊魔法式が確かに作用しているのを見た。

その崩壊が停止したのは、おそらくルードヴィッヒが融合したためだ。

殺すことには失敗したが、もはやあれは神ではなく、それになりそこなっただけの怪物にすぎない。

ルーデンドルフが恐れる理由は何ひとつなかった。

「……とはいえ、少し厳しいか？」

切り裂いたはずのジェイドの腕がたちまち再生してしまったのを見て、ルーデンドルフのこめかみに冷や汗が伝う。

この再生速度を上回るダメージを与えなくてはジェイドを倒すことができない。とすれば、ルーデンドルフ一人では荷が勝ちすぎる。

「ふふふ……どうしたルーデンドルフよ。その程度では蚊が刺したほどにも感じぬぞ」

「傷ひとつ治しただけで、偉そうな顔をするな」

「まだ神の偉大さが理解できぬか。オロカナ……コロス……カタキ、コロス」

「やれやれ……骨が折れそうだな」

ジェイドの巨体から繰り出される拳は一撃で城壁を破壊し、放たれる魔法は一発で数百名の兵士の命を奪い去った。

その圧倒的な力に心折れたフリギュア王国軍は、ついに全てを見捨てて故国に向かって敗走を始めた。

ブルームラント王国軍も壊乱するかに思われたが、遺物の破壊を命じられているインデュアが、ぎりぎりのところで軍を踏み止まらせている。

しかし数が通じる相手でないことは誰の目にも明らかであった。

「魔法士部隊で遠距離から援護しろ。歩兵は盾を構えて防御陣形を崩すな。あの化け物の相手をするのは、化け物たちに任せておけ」

そう命じるインデュアの視線の向こうで、エルロイたちがジェイドに肉薄しようとしていた。

「行くぜええええ！　これが俺のエルへの愛の証だあああああ！」

「真面目にやれよ、レーヴェ！」

「俺はいたって本気だ！」

本調子ではないエルロイに代わって先頭に立ったレーヴェが、雄叫びを上げてジェイドに襲いかかった。

「火箭撃《かせんげき》！」

レーヴェにしては珍しい魔力付与の一撃である。普段は見せない奥の手で、レーヴェはその気になれば魔法で戦うことも可能な、万能型のファイターなのだ。

皮膚の内側から体内を焼かれる感覚に、ジェイドはわずかに苦悶の声を発した。

「危ない！　逃げろ！」

ルーデンドルフの言葉に、レーヴェは咄嗟に弾けるように後方に飛ぶ。

一瞬遅れてジェイドの体内から強酸性の体液が、レーヴェのいた空間に向かって吐き出された。

「そいつは魔法も使うが、体液を酸や毒に変化させて自動的に反撃するらしい。傷を負わせたらすぐに離れろ！」

ルーデンドルフの言葉に、エルロイは形のよい眉を顰《ひそ》めて唇を噛んだ。

あれほどの巨体に重傷を負わせるには、よほど深く突き刺す必要がある。

ましてロバートやギョームのような重量武器の使い手は接近戦が基本だ。

実質的に、ダイバーの戦力は半減されたに等しかった。

「どうした？　かかってこないのならこちらから行くぞ？」

愉快そうに目を細めて、ジェイドと同化したルードヴィッヒが呵々《かか》と嗤って呪言を紡ぐ。

「グラキエース・ブロッケラ（氷雪の暴風）」

「炎の壁《ファイアーウォール》！」

セイリアの対抗魔法は、ほんのわずか呪文の効果を弱めただけで、あっさりと突破された。

「逃げられぬ者はわしの背に隠れておれ！」

そう叫んで、人の身長ほどのある巨大な盾を構えたのは鉄人ギョームである。

誰もがエルロイやレーヴェのように、範囲魔法から逃げられるほどの俊足を持っているわけではない。

その代わりギョームは、重装備に可能なかぎりの防御力を詰め込んでいた。

彼の持つ盾は対魔法防御技術の結晶であり、ダンジョンの最奥から発掘した古代世界の逸品である。

猛然と襲いかかるジェイドの魔法を前にしてギョームは一歩も退かずに、ついに仲間たちを守り抜いた。

「……世話になったな」

その代償として、この世に二つとないギョームの盾は、その役割を終えて粉々に砕け散る。

「ギョームとロバートは仲間を連れて、後方で待機してくれ！　ここは俺たちに任せろ！」

「口惜しいが任せるわい」

戦い続けたい欲求をこらえてギョームはエルロイの指示に従った。

ジェイドと戦える人間は限られているし、対抗できない仲間を避難させる者も必要であった。

残念ながらジェイドに数の暴力は通用しないのだから。

（どうする……いったいどう戦えばいい？）

個人戦闘力ではダイバーで一、二を争うギョームとロバートが離脱。

これで神としての力が数割程度しか発揮されていないというのだから、神とは冗談のような存在というほかはない。

一見、エルロイたちが優位に戦闘を進めているようには見えるが、ジェイドにダメージを与えられなければ、いずれ負けるのはこちら側である。

（あの再生を止める、あるいは再生速度以上のダメージを与えなければ勝てない）

「――神速八ノ太刀、逆風」

徒手空拳の徹《とお》しにも似た、身体の内部に斬撃を通すことを目的とした秘太刀も、ジェイドには通用しなかった。内臓に損傷を及ぼしても、結局再生されてしまう。

「これも駄目か……」

「おおう、エルロイよ。その身体をこちらに差し出せば、仲間の命を助けてやらんこともないぞ？」

高度な魔導技術の粋を極めたエノクの予備身体である。

ジェイドの身体を手に入れたとはいえ、その技術はルードヴィッヒにとって十分すぎる価値があるらしかった。

「誰がエルを渡すものかよ！」

「エルちゃんに手を出す者は滅殺！」

相変わらずぶれない二人は、一時休戦して珍しいコンビプレイを見せた。

螺旋状のレーヴェの連撃でジェイドに開いた大穴に、セイリアが見事に魔法を放り込んだのである。

「うぐおおおおおおっ！」

これはさすがに効いたようで、これまでずっと余裕の表情を崩さなかったジェイドの顔が苦痛に歪んだ。

この機会を逃すまじと、ルーデンドルフやオイゲンたちがその奥義を振るう。

腸をかき乱され、遂に巨人は膝を突いた。

このまま押し切れば勝てる！

誰もがそれを確信し、さらなる奥義を放とうとしたが――。

「神に逆らう不届き者が！　神ニカナウトオモイアガッタカ！　カヨワキヒトヨ」

ジェイドの全身が白光に包まれた。

復活のときにも見せた、神だけが纏うことを許されたオーラ。

その瞳に込められた意思が、怒りが、明らかにルードヴィッヒのものとは違う。

勝負所と全力を振り絞ったルーデンドルフとオイゲンの奥義が事もなく弾かれて、二人は見えない拳で殴られたように吹き飛ばされた。

逆らうことが馬鹿馬鹿しく思えるような、人とは異なる存在感の格を見せつけられ、絶望したようにエルロイは呟く。

「なんて、こった……」

神という存在を甘く見ていた。

ルードヴィッヒが憑依《ひょうい》していたからこそ、ジェイドは人の限界を超えられずにいた。

同時にルードヴィッヒがいたからこそ、ジェイドは古代人の用意した消滅の罠から生き延びることができたのである。

あとはルードヴィッヒを消化吸収してしまえば、再びジェイドが神として復活するのは自明の理と言えた。

取り戻した力は三割に満たぬであろう。それでも、エルロイたちの反撃を封じるには十分すぎる力だった。

「くっ……！」

率先して仲間に道を指し示す――それがエルロイであったころからの行動原理である。

心が折れてしまいそうだからこそ、エルロイは誰よりも先に駆け出さなくてはならなかった。

「――神速終《つい》ノ太刀、輪廻《りんね》」

この世に斬れぬものなし、というプシュケー流剣術の最大奥義は、一切の防御効果を無効化するという、天才だけに伝授を許された反則的な秘義である。

もちろん身体の限界を遥かに超えるがゆえに、使った者も無事では済まない。

雷光の何倍も速くジェイドの脇を駆け抜けたエルロイは、そのまま両手両足から血を噴き出して倒れ込んだ。

「カミヲキズツケタナ?」

エルロイの一撃は強《したた》かにジェイドの身体を傷つけていた。

しかし惜しむらくは、魔力の欠乏により威力が数段落ちてしまったことか。

ジェイドの全身には無数の傷が走っていたが、致命傷には程遠いことは一目瞭然であった。

「キエロ」

ギロリとジェイドがこちらを睨んだのがわかったが、エルロイにはもう指一本も動かす力は残っていなかった。

(ごめん……みんな、勝てなかった……)

そしてエルロイは、目を閉じて死神の鎌が振り下ろされるのを待った。

しかし、いつまで経っても死神が迎えに来る気配がない。

恐る恐る瞳を開いたエルロイは、そこにいる二人の影に気づいて絶句した。

「もう二度とエルを殺させない。たとえ相手が神であっても!」

「エルちゃんに手を出すのなら神でも殺してみせるわ」

エルを庇うようにして立ち塞がった二人は、ジェイドの術を耐え抜いただけで、すでに満身創痍である。それでも、気迫は逆に高まるばかりであった。

二人とも、あの日一人でダンジョンに残ったエルロイを死なせたことを忘れたときはない。

ましてエルロイへの想いを自覚した今、エルロイを守ることは至上命題なのである。

「クダラヌ……イツマデソノオモイアガリガツヅクカナ？」

まともな人間なら立っていられないほどの濃厚な殺意を軽く受け流して、ジェイドは嗤った。

「オイゲン！　エルを連れて安全なところへ！」

「サセヌヨ！」

まるでエルロイを隔離するかのように光の柱が立ち上がり、オイゲンを弾き飛ばす。

ジェイドは狂いながらも不快感を覚えていた。

神の力に屈しない人の意思にである。

どれほど絶望的な戦力差であろうと立ち向かうことを恐れない、そんな人間が最後には自分の封印にも成功した。

半ば本能的に、ジェイドは目の前の人間の心を折ることを決めた。

「トニトルス・ハスタ（雷光の槍）」

電光の速さで撃ち出された槍が、レーヴェの腕を貫く。

その勢いに押されて仰向けに倒れたレーヴェを大地に縫いつけるように、追撃の槍が足の付け根に突き刺さった。

「ぐあああああああああっ！！」

目を背けたくなるような無惨な攻撃は、レーヴェだけでは済まなかった。

「テネブラエ・トゥルボー（闇の嵐）」

圧倒的な魔力に物を言わせた闇の魔弾が、無数にセイリアへと迫る。

その魔弾すべてが、セイリアの命を奪うには十分なエネルギーを有していた。

「棺の檻《ケイジオブコフィン》」

理不尽なまでの魔力に翻弄されながら、セイリアは自らの持つ最強の防御魔法で耐え抜く。

限界を超えた魔力量を流し込んだために、杖を支える腕から血が噴き出した。

魔力の経絡は血管とほぼ一致しているために起こる現象である。

それでも完全に魔弾を防ぎきることは不可能で、セイリアは致命傷こそ避けたものの、全身に裂傷を負って真っ赤に染まった。

「逃げろ！　お願いだから、セイリアもレーヴェも俺のことは放っておけ！」

我知らず、涙が流れていることにも気づかずにエルロイは叫んだ。

このままでは二人が死んでしまう。

「ライトヒーリング！」

仲間の危機に道化のフリッガが現れて治癒を施すが、本職でないフリッガの魔法は応急処置にすぎない。

「コウルサイハムシメ」

「どわあああああああああっ！」

そのフリッガも猛烈な突風によって空に巻き上げられてしまう。

「ちぃいっ！　ウィンドフロント！」

かろうじて仲間の風魔法が間に合ったものの、フリッガは吹き飛ばされた勢いのままに、二度、三度と大地に叩きつけられて動かなくなった。

「――鬼哭《きこく》」

二刀の連撃が空気を振動させ、まるで鬼が哭《な》いているような音を響かせる。

剣聖オイゲンの秘奥義が、幻のようにジェイドの背後にとりつき、その首筋を貫いた。

しかし小うるさげに首を振るだけで、ジェイドは振り返ることさえしない。

同時に筋肉の力で刀を締めつけると、ジェイドの背中が大きく盛り上がって、オイゲンに向かって槍のように飛び出した。

「ぬおおっ！」

かろうじて両手でガードしたものの、オイゲンもまたフリッガのように吹き飛ばされる。

次々と傷つき、戦闘能力を喪失していく仲間たちを前に、エルロイは己の自由にならぬ身体を呪った。

そんなエルロイの様子を見たジェイドは、心底愉快そうに嗤った。

「ドウダ？　シタシイモノ、アイスルモノヲキズツケラレルキモチハ？」

まさにその怨念ゆえに、ジェイドは堕ちた悪神となったのだ。

目の前の理不尽に抗い仲間を救うことができるなら、自分が地獄の底へと堕ちても構わない。

そうエルロイが、己の無力さゆえに何かを踏み外そうとしたときである。

「まだ終わっちゃいねえ！」

大地に縫い止められていた槍をものともせずに、レーヴェが立ち上がった。応急処置がされたとはいえ、槍の抜けた傷口から鮮血が飛び散り、赤い花が大地を染めていく。

「……この命あるかぎりエルちゃんを守る。否、たとえ死んでもエルちゃんは殺させない！」

美しい端整な顔まで傷で赤く染めて、幽鬼《ゆうき》のように立つセイリアも宣言した。

愛する者を守るためにも、恋仇に先を越されないためにも、今が意地の張りどころであった。

心を折ったはずの者に立ち向かわれたことは、ジェイドのプライドを手痛く傷つけた。

「コウカイスルガヨイ」

薄く嗤ったジェイドは、命中しても死なない程度の礫《れき》の弾幕を放った。ただし、エルロイに向かって。

「てめえ、汚えぞ！」

「氷盾《アイスシールド》！」

攻撃に出なくてはジェイドを倒すことはできない。しかし二人は、エルロイを見捨てて攻撃に移ることができない。

「やめろ！　やめてくれ！　二人とも、お願いだから俺に構うな！」

「――つれねえこと言うなよ、エル」

せつなさを胸に秘めた、それでいて優しい笑顔でレーヴェが振り返った。

その決して動かすことのできない男の決意を悟って、思わずエルロイは息を呑む。

「もう一度お前を見捨てるなんてこと、できるはずがないだろうが」

すでにレーヴェは一度エルロイを見殺しにしているのだ。たとえそのつもりがなかったにせよ、結果は間違いなくその通りであった。

「たとえエルちゃんでもエルロイでも、私の命を懸けるのに迷いはないわ」

異性として恋愛感情はなかったけれど、エルロイはセイリアにとって家族も同然の近しい存在だった。

だからこそ、もう二度と失いたくない。

愛する女性のために命を懸ける二人の意思は、完全に一致していた。

しかし二人の想いがどんなに堅固であろうとも、現実は理不尽であり、神ならぬ二人の体力には当然限界がある。

そう遠くない未来に体力が尽きたとき、二人はエルロイより先に死ぬのだ。

「うあああああ！　やめろやめろおおお！」

半狂乱になってエルロイは泣き叫んだ。

「ユカイユカイ……マッテイロ、オマエノマエデフタリトモコロシテヤル」

エルロイの嘆きが深ければ深いほど、ジェイドの飢えが満たされていく。

かつて自分を封印した人間への恨みの百分の一でも晴らしてくれようと、ジェイドはエルロイたちへの甚振《いたぶ》りをやめようとはしなかった。

——せめて魔力さえ戻れば、とエルロイは切歯《せっし》する。

エノクの予備身体を持つエルロイだからこそわかる。

ジェイドは自分と同様に、魔力で構成された身体なのだ。しかもエルほどには肉の身体に定着しておらず、純粋な魔力に性質が近い。

すなわち、ジェイドを倒すためには魔力による再構成を阻止できるほどの、さらなる魔力で分解するしかなかった。

（神でも悪魔でもいい！　俺が死んでも、地獄に落ちても構わないから、今だけ、あいつを倒せるだけの魔力を——！）

魂の底から込み上げるような慟哭の叫びは、魂の底に眠っていた何者かの意識に確かに届いた。

(——魔力ならここにあるであろう?)

一瞬、エルロイは耳を疑う。鈴が鳴るような可愛らしい声だが、なぜか聞きなれたその声は、いったいどこから聞こえたのか?

(あんまりうるさいから起きてしもうたわ。妾《わらわ》はエノクの残留思念のようなものよ)

道理で聞き覚えがあるはずだ。この身体になってから、ずっと聞いてきた自分の声なのだから。

(そんなことよりどこだ? どこにそんな魔力が……?)

エノクは不機嫌そうに一旦口をつぐんだ。

(それを知ってどうする?)

(決まってるじゃないか! その魔力でジェイドを倒して二人を助けないと!)

(……この身体を構成する魔力を分解して使用する、と言ってもか?)

自分の死を意味するその言葉にも、エルロイはためらわなかった。

(——それで二人が助けられるのなら)

いつの間にかダイバーの仲間としてではなく、レーヴェとセイリアの二人を助けることに夢中な自分に気づいて、エルロイははにかむように笑った。

もっともレーヴェに関しては、断じて友情以外の感情ではないが。

(……好きにせよ)

（うん、ありがとう……！）


突然背後で膨れ上がった魔力の高まりに、思わずレーヴェは振り返る。そこには巨大な魔力が体内から溢れ出て、炎のようなオーラとともに宙に浮かぶエルロイがいた。

「魔力が戻ったのか、エル！」

まさに起死回生、必ず仲間の期待に応える男、エルロイの姿を幻視してレーヴェは歓喜する。

しかしそれも束の間――。

「だめっ！　今すぐ止めてエルちゃん！」

顔色を変えてセイリアは叫んだ。

反射的にエルロイに向かって駆け寄ろうとするが、傷ついた足は思うように動かず、つんのめるようにして倒れ込んでしまう。

「また腕を上げたんだな、レーヴェ。その、なんだ。ちょっと格好よかったぞ。たまには守られてみるのも悪くない」

思いもかけず褒められて照れたレーヴェは、そこに見てはならないものを見た。

足の先から粒子のように消えていくエルロイの姿を。

ここに至って、ようやくレーヴェもセイリアが必死に止めた理由を理解した。

エルロイが自分の命を削って、この魔力を生み出しているのだということを。

「おま……ふざけるなよ！　俺は二度とエルを犠牲にすることなんて……」

申し訳なさそうにエルロイは、レーヴェに向かって首を振った。

仲間を犠牲にしてまで生き延びたくはない、というのはエルロイの我がままだ。

それがレーヴェの思いを踏みにじると知っていても、大人しく見守る気にはなれない。

「セイリア——ずっと君に憧れてた。今もその気持ちは変わらないよ。だから今は俺の我がままを通させてくれ」

「いやっ！　やっと見つけたの！　私の全てを捧げられる人にやっと巡り会えたのよ！　もう私を一人にしないで！」

セイリアにとってエルロイはようやく出会えた理想の恋人である。

しかも心は男で、ずっと自分に片思いをしていた少女など、この先二度と会えるはずもない。失うことなど考えられない。

「勝手なこと言ってごめん。でも俺はうれしいんだ。二人と出会えたこと、二人を守れること、二人のいる世界を救えること。だから——ごめん、大好きだよ」

「やめろおおおっ！　くそっ動け！　今動かずにいつ動くってんだ！、俺の脚！　早く、早く動けよおおおお！」

「いやあああああ！　消えないでエルちゃん！」

魔力が膨れ上がるのに反比例して、エルロイの身体はもう上半身まで消えつつあった。

それが自分を滅ぼすに相応しいものであることに気づいて、ジェイドは生まれて初めて恐怖に震えた。

「ヒトガカミヲコロストイウノカ？　シカモタッタヒトリノコムスメガ！」

「お前が家族を殺された気持ち、わからなくもないけどこればっかりは譲れないよ」

ひと際強い魔力のうねり。

それが意味することに気づいて、レーヴェとセイリアは届かぬ手を伸ばして慟哭した。

「エルゥウウウウウウッ！」

「エルちゃんっ！」

とうとう顔だけになったエルロイは、薄暗くなり始めた黄昏《たそがれ》を見つめた。

あの黄昏の彼方には、見事に戦った戦士たちが死んだ後に行く楽園があるという。

もうすぐ自分も、あの黄昏の向こうに旅立つのだ。

（……もう一度生まれ変わったら、今度はもう少し女の子らしくするのもいいかもしれないな）

耳をつんざく轟音とともに魔力と魔力が激突し、白い光が渦を巻き、放電のような幾条もの雷光が放たれた。

そして互いの巨大な魔力が相殺し合ったように、巨大なクレーターという痕跡だけを残して、堕神ジェイドとエルロイは虚空の彼方へと消え去ったのである。

（……頑固者め）

どこからか揶揄するような女の声が聞こえた気がした。

†

「畜生！　俺は……俺はまたあいつを……何が槍匠だ！　惚れた女一人守れやしねえ……」

レーヴェは傷が開いたままの拳を大地に叩きつける。

彼女を守るという誓いを果たせなかった自分がただただ許せなかった。

「エルちゃん……置いて行かないで……エルちゃん……エルちゃん……」

精神的に受けたショックという意味では、セイリアのほうが大きかったかもしれない。

正気を失った虚《うつ》ろな目で、セイリアは空に向かってエルロイの名前を呟き続けていた。

「……これで良かったのです」

神経を逆撫でするその言葉にレーヴェは反射的に槍を手に取った。

しかしその言葉の主がカリウスであることに気づいて、ますますレーヴェは激昂する。

身命を賭して主人を守るべき使い魔が、死んで良かったと言うのだからそれも当然であろう。

「事と次第によっては――殺すぞ、てめえ」

「エルファシア様はあまりに目立ちすぎました。おそらくワルキアはもちろん、フリギュアもブルームラントも、主様の正体に気づいたでしょう」

亜神エノクの予備身体の価値は堕神ジェイドに勝るとも劣らない。

不老不死を夢見る各国の王はこぞってエルロイを捕らえ、その身体を研究しようとするに違いなかった。

「そうなれば脅かされるのは主様だけではすみません。レーヴェ殿やセイリア殿はもちろん、ダイバーギルドや主様の生まれ故郷の人々にいたるまで、あらゆるものが危険にさらされたでしょう」

「――だからって死んでいいわけがあるかよ！」

これ以上我慢ができなかった。

守りたかった。どんな理由があろうと、どんな危険があろうと、この世界の全てを犠牲にしてもエルロイを守りたかったのだ。

感情の赴くままに突き出された槍を、カリウスは不完全な右腕を犠牲にして押さえた。

「使い魔として許されぬ不遜《ふそん》であることは百も承知。されど転送された主様を迎えに行くまで、この命差し上げるわけには参りません」

「――ちょっと待って！」

その言葉に食いついたのは、それまで正気を失っていたかに見えたセイリアである。

「今、エルちゃんを転送したと言ったような気がしたのだけれど？」

カリウスは何を今さらと首をかしげて、大仰《おおぎょう》に肩をすくめてみせた。

「ええ、限定解除の後遺症で戦力にはなれませんでしたので、主様の転送の準備に集中することができましたが何か？」

タラリとこめかみから汗を流してレーヴェは尋ねる。

「もしかして……エルの予備身体ってひとつじゃないのか？」

「これはしたり！　エノク様ほどのお方の身体の予備が一体であるはずがありましょうか！　今では稼働する施設は魔族の領域にしか残っておりませんが、まだまだストックはありますとも」

期せずして、レーヴェとセイリアはがっくりと尻もちをついた。

「あは……あははははははは！」

「ふふ……うふふふふふふふふ！」

何がおかしいのかわからぬままに、笑いの衝動が二人を襲った。

今だけは何も考えず、この晴れ晴れとした笑いの衝動に身を任せていたかった。

もう一度エルロイに会える。

ただその思いだけで二人には十分すぎた。

†

長い長い夢を見ていた。

とても楽しく、そして愛しくて、ちょっぴり恥ずかしいそんな夢を。

そんな夢が終わり、まどろみから覚めようとしていることを少女は感じた。

「……んっ」

色っぽいため息とともに覚醒した少女は、両手で伸びをしようとして、すぐに金属の壁に突き当たってしまったことに気づく。

黒光りするその場所は、まるで棺桶のような狭い空間になっていた。

以前にも同じことがあったような、不思議な既視感に少女は戸惑う。

閉塞感に耐えかねた少女は淡く光るスイッチらしきものに手を伸ばす。すると、壁はゆっくりと蓋が開くように上に向かって動いた。

見知らぬ機械と謎の魔法陣が浮かぶその部屋を見渡して、少女は誰にともなく呟いた。

「……ここは……?」

# キャラクターデザインラフ大公開!

*illustration:* かぼちゃ

ある魔女の受難
The Ordeal Of A Witch

# キャラクターデザインラフ大公開!

illustration: かぼちゃ

ある魔女の受難
The Ordeal Of A Witch

## 三つの心がひとつになって、
## ファンタジー世界で成り上がる!

貴族の嫡男として、ファンタジー世界に生まれ落ちた少年バルド。なんとその身体には、バルドとしての自我に加え、転生した戦国武将・岡左内と、オタク高校生・岡雅晴の魂が入り込んでいた。三つの魂はひとつとなり、バトルや領地経営で人並み外れたチート能力を発揮していく。そんなある日、雅晴の持つ現代日本の知識で運営する農場が敵国の刺客に襲撃されてしまった。
バルドはこのピンチを切り抜けられるのか——!?

各定価:本体1200円+税　　illustration:りりんら

夢だった刀鍛冶になれるというその日に事故死してしまった津田《つだ》驍廣《たけひろ》は、冥界に連れていかれ、新たに“異世界の鍛冶師”として生きていくことを勧められた。ところが、彼が降り立ったのは、人間が武具を必要としない世界。そこで彼は、竜人族をはじめとする亜人種を相手に、夢の鍛冶師生活をスタートさせた。特殊能力を使い、激レア武具を製作していく驍廣によって、異世界の常識が覆る!?

各定価：本体1200円+税　　illustration：lack

## 天才少年の魔法無双ファンタジー!

テンプレ通りの神様のミスで命を落とした高校生の翔は、名門貴族の長男ウィリアムス＝ベリルに転生する。ハイハイで書庫に忍び込み、この世界に魔法があることを知ったウィリアムス。早速魔法を使ってみると、彼は魔力膨大・全属性使用可能のチートだった！　そんなウィリアムスがいつも通り書庫で過ごしていたある日、怪しい影が屋敷に侵入してきた。頼りになる大人達はみんな留守。ウィリアムスはこのピンチをどう切り抜けるのか⁉

定価：本体1200円+税　ISBN：978-4-434-20239-1

illustration：hyp

**想像×創造力で運命を切り開く**
**ブラックファンタジー!**

神様の手違いで不慮の死を遂げた普通の高校生・佐伯継那は、その詫びとして『特典』を与えられ、異世界の貴族の家に転生を果たす。ところが転生前と同じ黒髪黒眼が災いの色と見なされた上、特典たる魔力も何故か発現しない。出来損ないの忌み子として虐げられる日々が続くが、ある日ついに真の力を覚醒させるキー『魔書』を発見。家族への復讐を遂げた彼は、広大な魔法の世界へ旅立っていく――

定価：本体1200円+税　ISBN：978-4-434-20241-4　illustration：流刑地アンドロメダ

ネット発の人気爆発作品が続々文庫化！

# アルファライト文庫

毎月中旬刊行予定！ 大好評発売中！

## エンジェル・フォール！ 2

五月蓬　　イラスト：がおう

**新たな冒険へ……って、いきなり兄妹大ピンチ!?**

平凡・取り柄なしの男子高校生ウスハは、ある日突然、才色兼備の妹アキカと共に異世界に召喚される。二人は異世界を揺るがす大事件に巻き込まれるも、ひとまず危機を乗り越え、元の世界に戻るための手掛かりを探し始める。ところが今度はいきなり離れ離れの大ピンチに——!?　ネットで大人気！　異世界兄妹ファンタジー、文庫化第2弾！

定価：本体610円+税　ISBN978-4-434-20184-4　C0193

## シーカー 4

安部飛翔　　イラスト：ひと和

**“黒刃”スレイ、妖刀一閃！**

世に仇なす邪神復活の報せを受け、急遽召集された対策会議。称号：勇者、竜人族、闇の種族、戦乱の覇者……そこには、大陸各地の英傑達が一堂に集結していた。邪神への備えを話し合うとともに互いの力を確認すべくぶつかり合う猛者達。そして、孤高の最強剣士スレイも、彼らとの戦いを経て自らを更なる高みへと昇華させていく——。超人気の新感覚RPGファンタジー、文庫化第4弾！

定価：本体610円+税　ISBN978-4-434-20115-8　C0193

## 『ゲート』2015年 TVアニメ化決定！

本編1〜5（各上下巻）

累計150万部！ 大好評発売中！

## ゲート 自衛隊 彼の地にて、斯く戦えり

柳内たくみ　　イラスト：黒獅子

**異世界戦争勃発！**
**超スケールのエンタメ・ファンタジー！**

20XX年、白昼の東京銀座に突如「異世界への門（ゲート）」が現れた。「門」からなだれ込んできた「異世界」の軍勢と怪異達。日本陸上自衛隊はただちにこれを撃退し、門の向こう側『特地』へと足を踏み入れた。第三偵察隊の指揮を任されたオタク自衛官の伊丹耀司二等陸尉は、異世界帝国軍の攻勢を交わしながら、美少女エルフや天才魔導師、黒ゴス亜神ら異世界の美少女達と奇妙な交流を持つことになるが——

文庫最新刊 外伝1.南海漂流編〈上〉〈下〉

上下巻各定価：本体600円+税

ALPHAPOLIS
アルファポリス

# 作家 出版原稿 募集!

## アルファポリスでは才能ある作家 魅力ある出版原稿を募集しています!

アルファポリスではWebコンテンツ大賞など
出版化にチャレンジできる様々な企画・コーナーを用意しています。

**まずはアクセス!** アルファポリス 検索

## アルファポリスからデビューした作家たち

### ファンタジー

柳内たくみ
『ゲート』シリーズ

あずみ圭
『月が導く異世界道中』シリーズ

如月ゆすら
『リセット』シリーズ

### 恋愛

井上美珠
『君が好きだから』

### 一般文芸

秋川滝美
『居酒屋ぼったくり』シリーズ

市川拓司
『Separation』
『VOICE』

### 児童書

川口雅幸
『虹色ほたる』
『からくり夢時計』

### ホラー・ミステリー

椙本孝思
『THE CHAT』
『THE QUIZ』

＊次の方は直接編集部までメール下さい。

◉ 既に出版経験のある方（自費出版除く）

◉ 特定の専門分野で著名、有識の方

詳しくはサイトをご覧下さい。

### フォトエッセイ

吉井春樹
『しあわせが、しあわせを、みつけたら』
『ふたいち』

### ビジネス

佐藤光浩
『40歳から成功した男たち』

アルファポリスでは出版にあたって
著者から費用を頂くことは一切ありません。

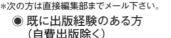

# ある魔女《まじょ》の受難《じゅなん》

2015年2月6日初版発行


## 著者：高見梁川（たかみ りょうせん）

福島県在住。漫画の執筆経験もある根っからの創作家《クリエーター》。歴史とファンタジーをこよなく愛する。2008年からウェブ上で小説の連載を開始し、2013年『異世界転生騒動記』でアルファポリス「第6回ファンタジー小説大賞」大賞を受賞。翌年、同作にて出版デビューを果たす。

## イラスト：かぼちゃ

http://kabotya4.client.jp/



本書は、「小説家になろう」（http://syosetu.com/）に掲載されていたものを、改稿のうえ書籍化したものです。

編集－宮本剛・太田鉄平
編集長－塙綾子
発行者－梶本雄介
発行所－株式会社アルファポリス
〒150-0013東京都渋谷区恵比寿4-20-3恵比寿ガーデンプレイスタワー5F
TEL 03-6277-1601（営業）03-6277-1602（編集）
URL http://www.alphapolis.co.jp/
発売元－株式会社星雲社
〒112-0012東京都文京区大塚3-21-10
TEL 03-3947-1021
装丁・中面デザイン－ansyyqdesign
印刷－中央精版印刷株式会社
価格はカバーに表示されてあります。
落丁乱丁の場合はアルファポリスまでご連絡ください。
送料は小社負担でお取り替えします。



©Ryousen Takami
2015.Printed in Japan

ISBN978-4-434-20237-7 C0093